星野立子賞の十年

星野立子賞選考委員会編

角川書店

星野立子賞の十年

刊行に際して

公益財団法人上廣倫理財団　小尾圭之介

星野立子賞は、昭和五年に初の女性主宰として『玉藻』を創刊した星野立子の名を冠する文学賞です。女性俳人を対象として優れた句集を表彰する立子賞と、新進気鋭の若手俳人の興隆を目的とした男女対象の新人賞があります。

二〇一二年に始まり、十年が経過しました。今も続くコロナウィルス感染症の終息が見えない中、多くのご応募によって、この賞の価値が高められている手ごたえを感じております。なぜ、俳句は人を引き付けるのでしょうか。

私は、俳句は単に文芸というよりも、言葉による日本の国民文化だからではないかと感じております。その理由はいくつか考えられます。

まずは日本語です。世界を見回しても一つの言語に漢字、カタカナ、ひらがなの三種類の表記を用いるものはありません。どの表記を選ぶかはその時々で異なり、感性が問われます。そして、言葉の豊かさです。例えば雨は、「大雨」「霧雨」「豪雨」「小雨」「春雨」

「秋雨」など、何と三六〇種類の表現があるそうです。

次に、俳句が一三〇〇年余の歴史の中で形を変えながら続いてきたことです。その時代に即した短詩が、最も洗練された形で今の俳句となっているのでしょう。

さらに重要なのが日本人の感性の素晴らしさです。『源氏物語』における「もののあはれ」を論じた本居宣長は、「あはれ」とは心に深く感ずること、この世の中は「もののあはれ」の海だと言っています。

そして、この日本の地形、風土が俳句を生んだ大きな要素ではないでしょうか。南北に長く伸びた地形で生み出される自然の豊かさ。これが「言葉」「伝統」「感性」と複雑に絡み合い、繊細な美しさや強さ、悲しさなどを形作るのでしょう。

本書作成には選者の先生方に大変お世話になり誠にありがとうございました。

そして、受賞された皆さまの益々のご活躍を祈念申し上げます。

本書が立子賞を目指す方だけではなく、俳句を日々の楽しみや喜びとする皆様にご高覧いただけますならば幸甚です。

目次

第二章　星野立子新人賞　受賞者・作品

装画　星野立子
写真提供　鎌倉虚子立子記念館
装丁・DTP　南　一夫

第一章　星野立子賞　受賞者・作品

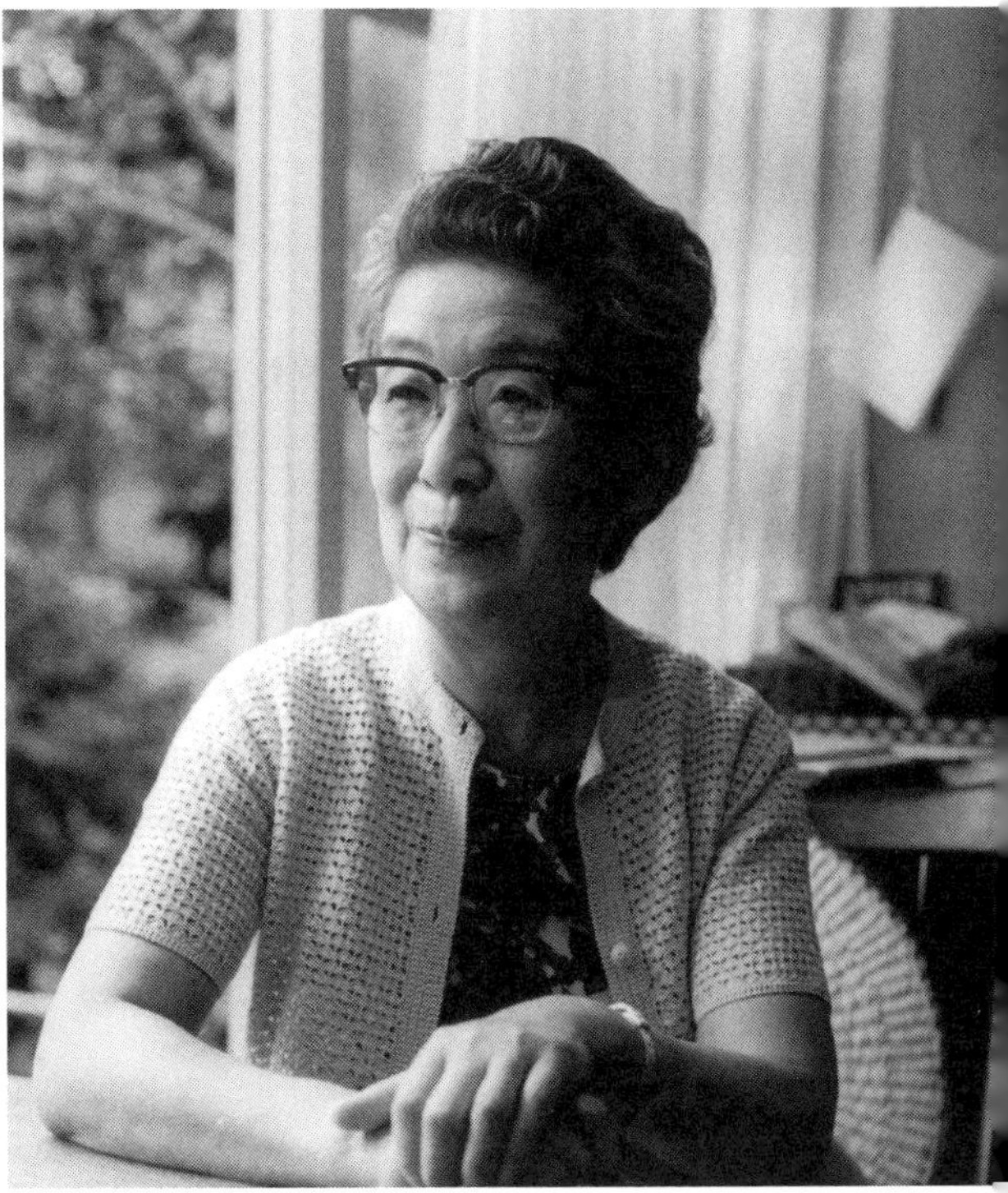

第1回　星野立子賞

（2013年）

受賞作品

『はじまりの樹』

津川絵理子

2012年8月11日　ふらんす堂
定価2190円〈税別〉

受賞者略歴

昭和四十三年、兵庫県生まれ。平成三年「南風」入会、鷲谷七菜子、山上樹実雄に師事。平成十九年、第三十回俳人協会新人賞、第五十三回角川俳句賞受賞、平成二十五年、第四回田中裕明賞、第一回星野立子賞受賞。句集『和音』、『はじまりの樹』、『津川絵理子作品集Ｉ』、『夜の水平線』。平成三一年まで「南風」主宰（村上鞆彦と共宰）。俳人協会会員。

受賞の言葉 ―― はじまりのこれから

夕飯を食べていたら、受賞の知らせがあった。びっくりするようなことは大抵、素の自分でいる時間に起こる。だからその時は単純に嬉しい気持ちでいたのだが、よくよく考えるとこれからの自分を問われることでもあるのだ。それでも今まで通り俳句を作り、読み、普段の生活を送るしかない。おそらくそれで良いのだと思う。

『はじまりの樹』を選んでくださった選考委員の先生方、「南風」の山上樹実雄先生、鷲谷七菜子先生、句友のみなさん、家族に感謝します。

この句集をまとめるにあたって

もう十年以上も前のことなので、句集を作ったときの気持ちはぼんやりとしか思い出せないが、ひとことで言うなら、やはり愉しかったのだろう。子どものようにワクワクして、熱中していたように思う。

句集に纏める、という行為は「脱皮」に似ている気がする。それまでの自分にさよならをして、新しい自分になるために句集を作る。その時期が来るのはいつか分からない。句が溜まってきたから、というのも理由のひとつになるが、それよりもっと何というか生理的なもののようだ。「そろそろかな」という心の声に従って作っている感じだ。心の声には耳を傾けたほうが良い。そしてあまり無理をしないほうが良い。

ノートに溜めておいた句を、パソコンに打ち直し、印刷し、取捨選択し、並べ直す。ちまちまと作業することがあまり苦にならない。昔はこうしたことが苦手で、飽きっぽかったのに。私にも細かいことが出来るんだ、と気づいたのは句集を作った後である。

打ち水の乾き初めたるころに客

「打ち水の乾き初めたる」は幾らでも、誰でも表現できるんです。ただ、「ころに客」といったところで、少し客がおくれて来たっていう感じが大変にうまく、上手に言われていると思います。

星野　椿

籐椅子の腕は水に浮くごとし

籐椅子に腰かけて落ちつかない手の置きどころを表現しているところがうまい。「腕」という具体的な体の一部も、「水に浮くごとし」という比喩も、実感が伴っています。

西村和子

夜通しの嵐のあとの子規忌かな

「子規忌」は九月十九日ですけれど、「夜通しの嵐」と表現されているところが季題（季語）をよく理解し、よくつかんでいる。「台風」と言わずに「嵐」と言われたところが事細かでよいのではないでしょうか。

星野　椿

秋草に音楽祭の椅子を足す

「秋草」が音楽祭が始まる前の気分を高めています。その秋草の美しいところで音楽祭がある。そこに多くのお客さんが集まってこられたので椅子を足したという、一見何でもないことのようだけれど、人間の興奮や気分の高まりをさらりと詠んでいるところがとてもいいと思います。

黒田杏子

貼りかへし障子の白さ何度も見る

自分で障子を貼りかえたんだと思います。喜びというか、非常に小さな満足感、ささやかな満足感ですが、主婦ってこういう実感があります。それを実にさりげなく、しかもこれ見よがしの言葉を使わないで描いている。

西村和子

風鈴やかならず晴れて誕生日

風鈴が鳴るような日がお誕生日であるから夏なんでしょうね。この方のお誕生日は風鈴が鳴っていて必ずその日は晴れている。風鈴が鳴ってるというところで、何か心持ちも軽やかな感じがいいと思います。

星野　椿

小面にをとこの顎冴え返る

こんなのもちょっとおもしろい感覚かなと思いました。面の下から顎が、これはどうしようもないんですから。小面ですから、余計、意図がしっかり出ているんでしょう。

後藤比奈夫

病む人の枕を正す遅日かな

ちょっとズレた枕を病人のために正してあげる優しい心遣い、そして病人を見守る温かい眼差しを感じます。更に「遅日かな」というところで句の奥行きと深みが増したように感じます。季語の使い方が確かです。

黒田杏子

切り口のざくざく増えて韮にほふ

韮を切っている様子なんですよね。韮を切ると切り口が驚くほど増えていくということです。その物質感が確かに眼前にできるっていうのが、すばらしい。「ざくざく」が音と質感両方を示しえている。とっても感覚もいいし、技術的にも高い。

小澤　實

初寄席に肩触れ合うて笑ふなり

これは友達か夫かと一緒に初寄席に行った喜びが描かれていると思うのですが、「肩触れ合うて」というのが、春というもので人との交流というものを示している。そして、ふだんの寄席ではない、初寄席の重さによって、今年もまた生きられたんだという、ともに生きられたんだという喜びが示されたと思います。

小澤　實

『はじまりの樹』自選三十句

四五人の雨を見てゐる春火桶
金色に竹の枯れたる雨水かな
切り口のざくざく増えて韮にほふ
教室の入口ふたつヒヤシンス
摘草に永き踏切ありにけり
つばくらや小さき髷の力士たち
真清水を飲むやゆつくり言葉になる
滝涼しともに眼鏡を濡らしゐて
骨切りの鱧を畳んで持たさるる
葭障子透けて誰とも目の合はず
籐椅子の腕は水に浮くごとし
亀ときに夏の落葉の音を曳き
バケツ一杯の白球晩夏光
踏み台を椅子に机に涼新た
夜通しの嵐のあとの子規忌かな

秋草に音楽祭の椅子を足す
望の夜の人にてのひら魚に鰭
おとうとのやうな夫居る草雲雀
木犀やバックミラーに人を待つ
長き夜を滅びへローマ帝国史
貼りかへし障子の白さ何度も見る
飛行機の小さき窓に秋惜しむ
笹鳴や亡き人に来る誕生日
子規の目がありぬ枯草枯葎
綿虫や仕舞ひつつ売るみやげもの
深々と伏し猟犬となりにけり
捨猫の出てくる赤き毛布かな
暁の火事見て試験一日目
綾取や十指の記憶きらめける
砂時計の砂のももいろ春を待つ

津川絵理子　受賞後自選十句

断面のやうな貌から梟鳴く

鏡餅開くや夜の水平線

タクシーが掌へ来る日の盛

坊つちやんに清ついてゐる夜の秋

秋の蝶子のひらかなは彫るごとし

冬めくや声持たぬもの飼ひ馴らし

紅梅や手紙を書くに力溜め

冬薔薇朝日遺影を驚かす

純白の聖菓の荒野切り分けむ

洗車機を車抜け来る木の芽かな

第2回 星野立子賞

（2014年）

受賞作品

『的皪』

西嶋あさ子

2013年1月13日　角川書店
定価2667円〈税別〉

受賞者略歴
昭和十三年九月二十二日、山口県生まれ。昭和四十六年「春燈」安住敦に師事。平成十六年同人誌「澠」創刊、代表。俳人協会顧問。句集『今生』、『埋火』、『澠』など。著作『俳人安住敦』（第十六回俳人協会評論賞）、『碑文谷だより』、『桜新町だより』など。

受賞の言葉 ――――― ありがとうございます

夕食どきのお電話は、思いがけない受賞のお知らせであった。応募についても事務局からお呼びかけくださってのことで選考日も知らなかった。世に疎いにも程がある。

たった三人の同人誌で句を作っているが、その私の句集に目を止めてくださった選考委員の方々に感謝のほかはない。厚く御礼申しあげる。翌日、鎌倉の墓の両親・弟に報告。途中、日頃励ましてくださる方々を思っていた。墓前で、安住先生をはじめ鬼籍に入られた誰彼の祝福の言葉と音のない拍手を聞いた。

明日もまた静かに句を作ろうと思った。

この句集をまとめるにあたって

日ごろ、いずれは句集をまとめようと考えて俳句を作ることはない。

第一句集については、師からのご沙汰があった。若いうちに出すことの意味を考えてくださったろうと思う。得ることは多々あった。父を送った句を収めるが、刊行後四年で師を送り、第二句集に師の追悼句が多い。第三句集では大結社を離れ同人誌で切磋琢磨し、この間母を送った。

受賞の第四句集『的皪』では、先輩たちを送り、個人誌を出しつつ弟の追悼に押されてまとめた。と見てくると、いつも特定でなくとも、亡き人々に押されて句集を出してきた気がする。命の俳句と思えば、人間だけでなく、生きとし生けるものに語りかけ、その結果が自然と俳句になり、師も亡く、弟子を持たぬ作品をまとめて句集になるという次第であった。

その結果、星野立子賞をいただけたことは僥倖としか言いようがない。

ほとけさまなれど母の日ちらし寿司

虚と実をわきまえた上で、女性の母親に対する思いがよく伝わってきます。立子俳句に通ずる母娘の機微を感じた一句。

西村和子

白加賀の万蕾紅を発しけり

白加賀という梅は、白梅なのにつぼみのときは赤いですね。その紅を数で強調して、さらに動きを持たせた「万蕾紅を発しけり」という言い方はおもしろい。

西村和子

沖波の一途の高さ西行忌

西行忌という季語の位の高さと沖波の高さのバランスが取れている。波を詠んでも、そこには作者の顔が見えてくる。さらには師である安住敦氏の顔や、師の師、久保田万太郎氏の顔まで浮かび上がってくる。これは現在、希有のこと。

小澤　實

年々や桜にかなふ髪の白

ご自分が年老いて髪が白くなってきている様子と桜の桜花爛漫がうまくマッチするのですね。響き合うというか。「桜にかなふ」という言葉にこの句の見どころはあると思います。

黒田杏子

的皪と寒梅一枝一周忌

一周忌のつながりから、キリッとした作者の感情がよく出ている一句。実に凛とした心がこもっている一句。この句は的皪という言葉とともに面白さを感じさせられます。

星野　椿

秋草や次女に生れて一本気

姉と競い合ってそうとうやりあっただろうと思うと、ほほえみたくなるユーモアも含んでいる一句。吹かれる秋草の奥に楚々とした少女たちの姿が浮かび上がってくるところに心が惹かれます。

小澤　實

寒木に月光惜しみなかりけり

寒木の「寒」が効いている。圧倒的な力があって、丈の高い句。自然描写もゆったりと大きく、単純化しつつ、伸び伸びと詠まれた句。ちりばめられたK音の響きも魅力的。

小澤　實

母の忌や白玉冷やす昼下り

「母の忌や白玉冷やす昼下り」は、作者にとってしみじみしたものだと思います。白玉を冷やす夏ならではの昼下がりの日常がとてもよく出ているのではないでしょうか。

星野　椿

立子忌の土筆小指の爪ほどに

まさか立子忌の句があるとは思わなかった。天国にいる母も微笑んでいると思えた。そして仄々とした御縁のようなものを感じさせられた一句。

星野　椿

国思ふむなしさに雪降り始む

昭和二十年頃に小学校に入ったような世代の者にとっては国のありかたというか、国の行く末というか、そういうことを思う気持ちが人より強いのかもしれません。「国思ふ」と「雪降り始む」の間の「むなしさ」は、国のありかたを批判するとか批評するということではなく、作者の人生観が静かに投影されていて見事だと感じます。

黒田杏子

『的皪』自選三十句

綿虫の綿のあをきも淡海かな
大根をすとんと切つて一人なる
凍蝶に火柱の立つ没日かな
この世また一日過ぐる桜かな
ほとけさまなれど母の日ちらし寿司
風邪癒えてまづ存念の欅見に
年々や桜にかなふ髪の白
夏潮や帽深く征き十九歳
的皪と寒梅一枝一周忌
一所懸命紅梅も白梅も
加賀膳のまづは枸杞酒や春の雪
満開の桜の下の昏さかな
たかんなの金剛力を蔵しけり
蟻一つ文机を行く師の忌かな
ひとりづつ死んでゆきたる紅葉かな

寒木に月光惜しみなかりけり
木の葉髪むかしは髪を驕りけり
箔を置くやうに吉野の春の月
紅梅は暮れ白梅に立つは死者
わが死後のひひな思へり納めけり
お玉杓子尾がうれしくてうれしくて
白牡丹捨身にまどひなかりけり
葱坊主子を持たざれば子に泣かず
草の花母負ひしことなかりけり
鬼の子の月よりの糸たぐりけり
去年今年けやきは常になつかしき
寒木の一枝一枝やいのち張る
面打ちになほ見ゆる面秋の暮
一輪の一穢なき白帰り花
火の色のときをり赤し札納

西嶋あさ子　受賞後自選十句

木といふ木命やしなふ二月かな

われよりもさびしかりけむ落椿

燕の子水の近江に育ちけり

わが死後も戦後長かれ夏の月

たとふれば抜き身の一句欲り晩夏

一日了ふ端居の端に母が来て

生涯の夜を迎へたる涼しさよ

露の世の月のほか何待つべしや

からうじて色失はず冬ざくら

大欅ことしの枯を全うす

第3回　星野立子賞

（2015年）

受賞作品

『青麗』

2014年11月25日　角川学芸出版
定価2700円〈税別〉

髙田正子

受賞者略歴
昭和三十四年岐阜県生まれ。平成二年「藍生」創刊と同時に参加。句集『玩具』（藍生賞）、『花実』（第二十九回俳人協会新人賞）、著書『子どもの一句』、『黒田杏子の俳句』。俳人協会評議員。

受賞の言葉 ―――――――― 同行多勢

どちらかというと静かに本を読んでいるのが好きだった女の子が、いつしか仲間と吟行したり句会をしたりするのが大好きなおばさんになりました。まるで別人のようです。ですが、いくら好きでも行動を共にしてくださる方がいないことには始まりません。これまでの、そしてこれからの、さまざまなご縁に感謝いたします。

星野立子は憧れの作家です。軽やかな作品の数々は、肚の据わった魂の軌跡だと思います。その名を戴く賞に推していただき、心から御礼申し上げます。

この句集をまとめるにあたって

編年体でないまとめ方をしているが、最初からそう決めていたわけではない。ストックはすべてパソコン内に時系列に沿って納まっていたから、編年体を採れば句のピックアップで済むところだった。だが作業を進めながら納まりの悪い気分が増す一方。なぜだろうと考えたところ、場所がばらばらだからだと気づいた。作句した実際の場所ではない。句の背景となっている場所だ。そこで場所ごとに振り分けてみることにした。

当時身近な勉強句会でホームページを作り、各自が連携するブログを書いていた。私のブログは「うらうら吟行録」という。書きながら「ご近所めぐり」「てくてく武蔵野」「鎌倉あるき」「故きを温ね」とカテゴリーが増えていった。句集とは無関係に始めた活動であった。だが、これに向島百花園の句座での当日句と主に題詠で成った望郷の句を加えると、『青麗』の章立てと合致するのである。

句集の形に収束したので、ブログは刊行年末に終えることにした。

すべては結果から遡って思い当たったことばかりである。

父に湯たんぽ父に家捨てさせて

父をひきとった際にはかく詠む。人生から逃げていないのだ。家と湯たんぽではまったくバランスがとれないし計算が合わない。そこにやぶれかぶれのおかしみが生まれている。そしてどこか不思議の匂いがする。

小澤　實

影増えて二階囃の始まりぬ

祇園祭の傍題の二階囃ですが、実際に宵山に見た時の句だと思います。「影増えて」の影はその囃子方の姿ともとれるし、人によって出来た影ともとれます。いよいよ祇園祭の巡行が近づいている夜の光景がよく描かれていると思います。

西村和子

鉾町の更けゆく稽古囃子かな

鉾町が季題（季語）ですね。これは祇園祭の夕方が段々と更けていく、その中で稽古囃子が聞こえてくる。祇園祭には何回か訪れましたが、よく風景が浮かんでくる句。

星野　椿

ゆふがほの実を雨粒のつたひだす

夕顔に雨が降っている景なのだが、降り出したところから雨の勢いが強くなるところまで目撃していなければ、こうは詠めまいと思わせた。「雨粒のつたひだす」が雨の勢いを表わす絶妙の表現。細かいところをよく詠んでいておもしろい句だと思います。

小澤　實

うぐひすの声をこらへてゐるところ

うぐいすの声は誰もよく知っていますが、この声をこらえている「ところ」といったところに直感力と、対象に対する深い思いがよく出ています。小動物に対する向き合い方がとても優しく、そこにこの句の深みを感じます。

黒田杏子

大風ののち月明の桜の木

風で大分吹かれた後、月に照らされている桜の木。本当に単純なんですが、その桜の木に物語らせるというような句ですね。桜の木が風に吹かれてその後、月に照らされて桜の木の放心のようなものが感じられる。

小澤　實

銀の日のあと金の月泉鳴る

普通のイメージや感覚では太陽が金で月の光が銀という感じがしますが、この句はそれを見事に逆転させています。銀の太陽ということは曇り空か夕方の太陽でしょうか。その後に昇ってくる輝やかしい月光と、地上で泉がわき出ている勢いが鳴るという聴覚で強調されています。

西村和子

おどろいてぶつかってくる蝗蛄かな

バッタは人に出くわして驚いた時、普通は逃げるのだと思います。でも、あまりに急だったので方向を間違えて自分の方にぶつかってきてしまった。そういうことは現実にもよくあるのだと感じます。そのような一瞬を捉えた面白さが描かれています。

西村和子

出勤の父が点けゆく聖樹の灯

クリスマスの華やかさを感じる一方で、出勤する父親の何かあわただしい様子が感じ取れます。賑やかな昔の風景が思い浮かびました。帰宅時にはきっとお祝いする準備は整えられているのでしょう。そんな感じがいいと思います。

星野　椿

大川の水の匂へる雪蛍

昔からずっと流れている隅田川に対する作者の想い。隅田川を称えるような気持ちを心の内に置いた上で「雪蛍」という生きものを持ってこられた。繊細で、趣きが深いと感じます。

黒田杏子

『青麗』自選三十句

剪定の一枝がとんできて弾む
ものの芽の香をたしかめに来たりけり
見ゆるものみなかげろふにほかならず
一羽づつしづまつてゆく春の星
冬日濃きところにひとりづつ仲間
よく枯れてたのしき音をたてにけり
まつくろに枯れて何かの実なりけり
あをあをと山きらきらと鮎の川
母もまた母恋ふるうた赤とんぼ
喪の家も枯れゆくもののそのひとつ
父に湯たんぽ父に家捨てさせて
母若し春あかつきの夢の奥
灯せば人還りくる桜かな
鉾の稚児雨の袂を重ねけり
あをぞらの届かぬところ凍りけり

春コートから花びらのやうなもの
ちと云うて炎となれる毛虫かな
巴里の地図貼り付けておく冷蔵庫
家事一切言ひおいて出る涼しさよ
それぞれの灯にみんなゐる夜の秋
未草真昼の水を起ち上がる
風花やあてずつぽうに曲る角
月の道いつかひとりになる道よ
縁側に日のまはり来る子規忌かな
討入の衣裳一式年の市
ほほといふ口して三人官女かな
さつと来て緑雨の傘をたたみけり
雨よりもしづかにしだれざくらかな
家一つ呑んでいよいよ蔦青し
氷上を若き白鳥走り出す

髙田正子　受賞後自選十句

この秋を浮かれて過ごす予定表

呼鈴のつながる虫の夜のどこか

ゆく秋の匂ひとおもひつつ歩く

この崖のほつれは狸かよふ径

探梅の空ばかり見て歩きけり

芝青みゆく花びらを走らせて

父のこと母のこと花降りやまず

地の底に誰か鈴ふる噴井かな

船鉾のあたりに風の道開く

明易や夢のつづきの旅仕度

第4回　星野立子賞

（2016年）

受賞作品

『櫻翳』

蘭草慶子

2015年10月22日　ふらんす堂
定価3000円〈税別〉

受賞者略歴
昭和三十四年東京生まれ。大学時代、山口青邨に師事。黒田杏子、古舘曹人、八田木枯指導の句会に学び、「屋根」（斎藤夏風主宰）を経て現在「秀」同人。平成十八年石田郷子、大木あまり、山西雅子とともに「星の木」創刊、同人。句集『鶴の邑』、『野の琴』（第二十回俳人協会新人賞）、『遠き木』。俳人協会幹事、日本文芸家協会会員。

受賞の言葉 ―――― いつか

立子は尊敬する大好きな作家。今回の受賞をとてもありがたく思っております。

学生時代に俳句に巡り会い、三十年余りが過ぎました。振り返れば今までずっと自分の句がこれでいいのか迷い、自分に揺さぶりをかけながら作句してきたように思います。今回の句集は、自分としては冒険句を多く入れたので、どう読まれるか不安でした。評価してくださった審査員の先生方、そして今まで支えてくださった方々に心から感謝いたします。

いつか立子のように、軽やかに自由に、突き抜けた一句を授かれればと願っています。

この句集をまとめるにあたって

『櫻翳』は、十三年間の作品から二三九句を収録した第四句集になる。第三句集までは、二十代、三十代、四十代のそれぞれ七年ほどの期間に作りためた句を、自然な流れでまとめたものだった。本句集にあたっては、より意識的に作品を選び、構成し、収録した句は観念、虚の部分の多いものとなった。この間にあった東日本大震災、家族や自分の恙と身辺変化は、私の意識と作品に大きな影響を与えたように思う。こんな時代に私が俳句を作っている意味とは何なのだろう。自分の無力さと向き合いながら、言葉とは何か、存在とは、時間とは何かを考え、迷いながらの作句であった。

現場立ちによる徹底写生を教えてくださった故斎藤夏風先生は本句集を読んで、「こういうところを通らないと次へ行けないからね」とおっしゃった。この言葉は今も私の胸の中にある。

叡山やみるみる上がる盆の月

比叡山は星野家高浜家にとっても由緒あるお寺です。山に「みるみる上がる盆の月」ということで、比叡山を浮かび上がらせるような俳句に仕上がったと思います。比叡山といえば延暦寺もみえてきます。

星野　椿

わが身より狐火の立ちのぼるとは

狐火は冬の季語。疎開をして栃木県の那須野が原で育った私にとっては深い体験のある季語でもあります。都会育ちの作者が、狐火を読み上げたことに感銘を覚えました。実在感とともに幻想性を感じさせるところに魅力があります。

黒田杏子

亀鳴くや人に器といへるもの

大器晩成などというように、人には生まれながらに器が備わっているとよくいわれます。それを実感した時に、「亀鳴くや」という虚の世界の季語に語らせている。そこに工夫が見られる句です。

西村和子

紅梅となりて一夜を匂ふべく

紅梅の美しさや豊かさを称えるにはさまざまな表現があります。紅梅は桜よりも何日も長く咲き続けますが、「一夜を匂ふべく」と言い切ったところ。作者ならではの発見だと思います。

黒田杏子

いなびかりしづかに亀の浮かび来る

稲光のパッと目に入ってくる閃光と、静かに亀が浮かんできたという時間の経過が上手く表現されています。写生の眼が行き届いています。

星野　椿

恋せよと蜩忘れよと蜩

聴覚に訴えてくる句です。蜩は夏の終わりや秋の始まりに普通の蝉とは違う哀切な音で鳴きます。それを聞いて積極的に恋せよとも聞こえるし、もうあの人を忘れよと鳴いているようにも聞こえる。真逆の意味合いを持って表現していることで作者の心の迷いも伝わります。

西村和子

蝿生まる海風に翅立てなほし

生まれたばかりの蝿が実に堂々とくっきりと捉えられています。蝿は小さい生き物ですが、その背景に海の風景が広がっています。小動物への愛情が確かに感じられます。

小澤　實

白日傘まつすぐに波伸びてくる

白日傘という夏の季題（季語）が効いています。そこから見ている海で波がまっすぐに伸びていくという遠近法を用いた秀句。作者の目配りがとても新鮮です。

星野　椿

寒卵ひところがりに戦争へ

何かのはずみで戦争が起きてしまうということは一般的な危機感としてよく言われます。それを寒卵が転がること、たった一回転がっただけで戦争へ世の中が行ってしまう。些細なもののささやかな動きであったとしても、時に戦争へ向かってしまう危機感が表されています。

西村和子

花の翳すべて逢ふべく逢ひし人

出会いにはあの必然があったということを思い返しています。花の翳という季語に神秘性があって、この季語の選択にも必然を感じました。

小澤　實

『櫻翳』自選三十句

枯れすすむなり夢《ゆめ》違《たがひ》観世音
ゆきずりの障子ともりぬ親鸞忌
風花の散りこむ螺鈿尽しの間
水に浮く椿のまはりはじめたる
枝先のふるへつつ花満つるかな
花影のうへをはなびらさばしれる
降りしきる落花に舟を返しけり
拭けど拭けど鏡に桜顕はるる
花の翳すべて逢ふべく逢ひし人
十人の僧立ち上がる牡丹かな
青嵐や死者ことごとく吾を統ぶ
青嵐うねりていのち揺れもどる
形代のわが名に雨の落ちはじむ
白日傘振り向けばみな遠き景
自らの蕊に汚れて百合ひらく
ひるがほや永劫は何待つ時間
屑金魚花の如くにあつまりぬ
魂まつり向う岸まで雨見えて
炎抱きかかへ燈籠流しけり
叡山やみるみる上がる盆の月
鳴きだせば蜩の木のとほざかる
月光に蝕まれゆくごとく座す
鶏頭の離ればなれに倒れけり
わが身より狐火の立ちのぼるとは
吾もまた誰かの夢か草氷柱
火の映る胸の釦やクリスマス
枯木立光の方へ歩きなさい
寒卵ひとところがりに戦争へ
寒紅梅晩年に恋のこしおく
いづこへもいのちつらなる冬泉

蘭草慶子　受賞後自選十句

指す天のけふ晴れわたり甘茶仏

八月や祈りの色にゴッホの黄

早稲の香や大地はほてりさめやらず

娘の名忘れし父と日向ぼこ

雪の日の溲瓶にいのち響きけり

消ゆるとき香となる炎冬の月

狐火の映りし鏡持ち歩く

見つめたる火に照らされて除夜詣

雪明りしてみほとけの素手素足

祈りけりわが白息につつまれて

第5回　星野立子賞

（2017年）

受賞作品

『夜の森』

駒木根淳子

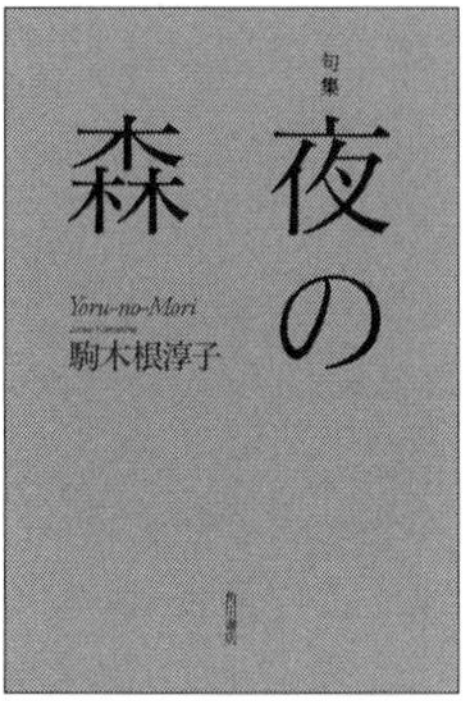

2016年11月25日　角川書店
定価2700円〈税別〉

受賞者略歴
昭和二十七年福島県生まれ。平成四年「青山」入門、山崎ひさをに師事。平成十七年俳句同人誌「麟」（代表山下知津子）創刊に参加、編集を担当。二〇〇一年、第四回朝日俳句新人賞準賞受賞。句集『頭上』。

受賞の言葉 ――「日常の存問」を

あの3・11を経験して以来、春が来るのが怖くなりましたが、この度大きな喜びを賜り深謝申し上げます。震災以降、作風が変わり、『夜の森』には社会性や時事性の強い作品も含みますが、それを認めてくださった選考委員の諸先生方の懐の深さに強く感銘を受け、俳句の多様性を再認識しました。

高浜虚子は「日常の存問」を提唱しました。それを継承し最も実践したのが立子俳句です。「存問」は安否を問うこと。他者を気遣い思いやる心と私は理解しています。これからも先達に学び、私自身の「日常の存問」を詠んでいきたいです。

この句集をまとめるにあたって

句集名の『夜の森』は福島県浜通りの桜の名所「夜《よ》の森公園」に因んでいる。二〇一一年三月十一日午後二時四十六分、東日本大震災が勃発。翌日には原子力発電所が制御不能となった。発電所はかつての夫の職場であり、生まれたばかりの息子と暮らした社宅もあったが、放射能汚染により人が住めない土地になってしまった。あれから十年以上が経つ。夜の森の桜まつりも復活し、被災地が話題になることは少なくなった。現在の大熊町は廃炉作業に九千人以上が携わり、事故前の人口に近づきつつある。しかし夜間は千人に満たず、歪な状態は続いている。しかも帰還者はたった百七十名とか。その一人が〈流寓の友の眼うるみ冬桜〉と詠んだ友人だ。彼女は周囲の反対を押し切り、六回目の引越しをして大熊町に戻った。不便な暮らしは覚悟の上とはいえ、いまだ闘いは続く。風化しつつある暗い記憶の底に、忘れないために打つ投網のような存在、それが私にとっての『夜の森』である。

花過ぎの太幹に脂噴き出す

桜の花が終わった後の桜の太い幹からヤニが噴き出しています。桜の木のエネルギーを噴き出すヤニに見たところが素晴らしいと思います。これは作者の分身でもあるかのごとく感じられます。

小澤　實

短日や肉屋の秤すぐ拭かれ

短日で日暮れが早い中、きびきびと働いている肉屋の姿が見事に描かれています。小さいながら清潔な店でしょう。そこできびきびよく働く姿が実によく表現されました。見事な労働の句といえます。

小澤　實

梅の実の傷のままはりの軟らかし

これは写生がよく行き届いている句で、作者が物をしっかりと見て感動を伝えていることが分かります。梅の実の傷までは言えますが、周りが柔らかいその感触を上手く伝えてくれたところにこの句の妙があります。

星野　椿

見る人もなき夜の森のさくらかな

福島県の桜の名所に夜《よ》の森公園があります。私も日本中の桜を訪ねて歩きましたので何度も訪ねております。３・11の東日本大震災で人が立ち入れない。その地から立ち退かなければならなくなった人々の悲しみ、空しさを「見る人もなき」で見事に表現されました。

黒田杏子

雪掻いて卒業式の門となる

西村和子

雪国ではまず雪かきをして校門から人が校内に入りやすいようにするところから始まり、それが卒業式の門となるというゆくたてが鮮やかに伝わってきます。雪深い卒業式を知らない私たちにもその朝の光景が伝わってくる具体性を持った句だと思います。

海原に祈る濃き虹また祈る

西村和子

最初の「祈る」には海原に沈んでしまった人や津波に流された人への思い、東日本大震災の犠牲者の冥福を祈る気持ちが自然に表れていることを感じます。二回目の「祈る」では個人的な祈りを超えて、自然現象の濃き虹までもが祈っているようで、より切実に二度と惨事が繰り返されないことを願う心が伝わってきます。

またたかぬ眼もてくちなは泳ぎけり

蛇が水中を進む姿はたくさん詠まれていますが、蛇の小さな眼に焦点をあてて「またたかぬ眼」ととらえたところに発見があったと思います。その蛇が水の中を進む姿に引き込まれて人間が乗り出していくような臨場感があります。

黒田杏子

本郷吟行

キャンパスに英語北京語四十雀

キャンパスに英語と北京語が入り混じっている中に、シジュウカラがまた鳴いているという、非常に斬新な句。作者が持っている探求心が非常にいいなと思いました。

星野　椿

梅雨ひぐらし切に九条まなぶ会

本郷吟行

梅雨ひぐらしを句に斡旋して、たまたま吟行会で本郷を歩いておられたら9条を学ぶ会のポスターが貼ってあった。ともかく、「切に」という言葉を持ってこられたところが、手柄だと思います。社会的な問題にも広く関心を持っておられる作者の句として成功しているのではないでしょうか。

黒田杏子

踏切のむかうが遠し黒揚羽

黒揚羽は夏の蝶です。大きい蝶蝶がぱっと飛んできて、ちょっと暑い感じがしますね。そんな中で踏切の向こうに行きたいけれども少し遠いな、どうしようかと思っている所に黒揚羽という物体が飛んできたという、非常に物の刹那というか、その見方は作者独特の感性だと感じます。

星野　椿

『夜の森』自選三十句

海けふは陸よりしづか龍の玉
夕焼けて健啖の父卓に待つ
みんみんの黙みんみんの埋めゆく
新涼の北鎌倉を掃いてをり
水餅の闇より母の手がもどる
寒釣のどのポケットもふくらめる
父の亡き調剤室の冬灯
遺されて春の小川をうたふ母
見る人もなき夜の森のさくらかな
土足にて生家を歩く日雷
龍の玉雌伏重ねし色ならむ
涅槃図の近づきすぎて見えぬもの
野遊びの脱ぎてまた履く靴重し
海底に黒髪のまま雛の坐す
被曝野と呼ばれやませの吹き荒ぶ

海原に祈る濃き虹また祈る
独楽よりも紐の汚れてをる日暮
螢待つかすかな飢ゑを押しとどめ
目薬をさして初雪迎へけり
春愁のいつもあの日にたどりつく
テトロンの日の丸うすし鳥帰る
燃料棒融けゆく花の奈落まで
蛇の腹擦りていづこも荒野なり
ひまはりの話しかけたくなる高さ
夕鯛ひと様に母ゆだねをる
冬瓜の途方に暮るる重さにて
狐火に遭ひ白髪を殖やしたる
永久に二時四十六分大霞
猫の子に人口零の町の闇
踏切のむかうが遠し黒揚羽

駒木根淳子　受賞後自選十句

サランラップの端見失ふ春の雪

春寒の空の奥より偏頭痛

蝌蚪泳ぐおのれの影を底に置き

花過ぎの月あかあかと疫病《えやみ》の世

十薬のどこにも育ちゐて淋し

母の亡き一年淡し吾亦紅

荒草を分けゆく微光秋の蛇

鬼は子を追ふ黄落の明るさに

ひとりづつ来て麺すする冬日差

一冬木不意の旅人待つごとし

第６回　星野立子賞

（2018年）

受賞作品

『ひとり』

2017年5月15日　深夜叢書社
定価2000円〈税別〉

受賞者略歴

大正十一年、徳島市生まれ。昭和三十二年「女子大生・曲愛玲」で新潮同人雑誌賞受賞。『夏の終り』で昭和三十八年の女流文学賞を受賞し、作家としての地位を確立するが、昭和四十八年、中尊寺で得度。翌年、京都嵯峨に寂庵を結ぶ。平成九年、文化功労者。平成十八年、文化勲章受章。平成三十年、朝日賞受賞。令和元年、桂信子賞受賞。著作に『美は乱調にあり』など多数。「源氏物語」の現代語訳完成。小説家として数々の賞を受賞。令和三年遷化。

受賞の言葉 ―――― 余りに思いがけなくて

瀬戸内寂聴

私は今年満九十五歳の老婆である。そんな老婆に先のないことは決っている。ところが、私は「第六回星野立子賞」をいただくことになった。

小説や随筆であれば誰にも「ひけをとらない」と自信とうぬぼれがあるが俳句の才能は全く自分で認めていない。本職の忙しさにかまけてさぼってばかりで一向に上達していない。自信がないから自費出版した『ひとり』にこんな賞をいただくことになり、只々、思いがけなく呆然としている。まだ、夢ではないかと半信半疑でいる。

この句集をまとめるにあたって

私には五歳年長の姉がおります。姉は死の間際まで短歌を作っていました。私に「これどう？」って見せるんです。がんで死ぬのが分かっていたのですが、私は初めの歌集に比べてどうしても気に入らず「何か力が弱い」と言ってしまったんです。「もう一回考えたら？」って。がっかりしていましたが、それから二ヵ月くらい生きている間に、一生懸命直していました。良くなった歌を二冊目の歌集にしてもらって、そして死んでいきました。

どういう文学でも一生懸命にしている時には、みんな命を懸けていると思います。私は正直に言って小説には命を懸けていますけれど、俳句に命を懸けてきたわけではないので、俳句で賞をいただくなんて申し訳なくて恥ずかしくてしようがないんです。

私は九十五歳ですから、ひそかに最後の俳句を残したいと思っています。今は食べている時以外は俳句の事を考えていますが、この年齢になって一生懸命になれることがあることは恵まれていると思います。もしかしたら前に書いたものよりいい句が出来るんじゃないか。俳句は死の間際でもそういう楽しさを与えてくれる喜びがあると思います。

（平成三十（二〇一八）年三月二四日　第六回星野立子賞表彰式での受賞者挨拶抜粋）

紅葉燃ゆ旅立つ朝の空《くう》や寂

ここでの「旅立つ」は得度《とくど》するという事。人生の、大転換の意味が込められています。そのある朝の決意が感じられます。冒頭に「紅葉燃ゆ」と置いたところ。作者ならではの作品ではないでしょうか。

黒田杏子

生ぜしも死するもひとり柚子湯かな

生まれてくるのも死ぬのもひとりだという個の意識は悲しく寂しい。しかしながら、柚子湯を楽しみとしているところに、さすがに仏に仕える悟りをひらいた作者のすごさを感じさせられます。しかも、生身の人間の実感をとどめている巧さが句にはある。

宮坂静生

二《に》河《が》白《びやく》道《どう》駈け抜け往けば彼岸なり

「二河白道」が仏教語。まず、水の川と火の川を貪りと怒りにたとえている。さらにその二つの河にはさまれた、ひとすじの白い道を彼岸に至る往生の信心にたとえているのだ。煩悩にまみれた凡夫も釈迦の勧めと阿弥陀の招きを信じて念仏ひとすじにつとめる時、悟りの彼岸に至るという教えを示している。

小澤　實

天《あめ》地《つち》にいのちはひとつ灌仏会

お釈迦様の誕生を祝う灌仏会の四月八日は虚子の忌日にもなります。天地は広いけれども命を一つと言っているところに絶唱を感じます。作者にしか読めない句なのではないでしょうか。立子賞を受賞されたことに不思議な縁を思う一句です。

星野　椿

雛飾る手の数珠《じゅず》しばしはづしをき

「雛飾りつつふと命惜しきかな」という句がありますが、女性にとって雛飾りとは特別の気持ちがあるのです。そこで数珠をちょっと外したっていうところで、俗人になって雛を飾る作者の日常がよく出ているように思いました。

星野　椿

子を捨てしわれに母の日喪のごとく

作者の人生は小説にも書かれているように非凡な人生だったといっても過言ではないでしょう。中でも「子を捨てしわれ」と表しているところに、女性としての覚悟、罪の意識を全部抱えて生きていこうというものを感じます。母の日は喪中のように過ごしている、喪のように喪失感をかかえて過ごす切実な句だと思います。

西村和子

もろ乳にほたる放たれし夜も杳く

二つの乳房をあらわにしているところに蛍を放たれた、そんな夜が暗い、という句意だろうか。これはなんと情交の場面ではないか。閨に蛍を飛ばして驚かそうとしている男とそれに驚いている女がいるのだろう。蛍には恋が匂うものであるが、ここまであらわな恋が描かれるとは驚くばかりだ。

小澤　實

仮の世の修羅書きすすむ霜夜かな

今夜は霜が降りそうだという、急に冷えてくる夜に小説を書いている。「修羅」であるというところに、燃え上がるような人間の業や、作者自身が抱えていた修羅を感じます。現実の世の中のことを書いているんですが、仮の世と言っているところに虚実の間に遊ぶ創作の妙を感じます。

西村和子

むかしむかしみそかごとありさくらもち

「みそかごと」といえば妖艶な男女関係を連想します。が、そこに「さくらもち」との対応があることで、さくらもちの中の餡にお味噌でも入っているような感じを抱かせるユーモアにあふれた一句です。

宮坂静生

御《おん》山《やま》のひとりに深き花の闇

寂聴さんは雪に埋もれる期間を除き、毎月月のはじめはみちのく天台寺で過ごされました。簡素な建物に夜はたった一人。お手伝いの人も関係者も夜は山の下の町に帰されてしまう。広大無辺の原生林と山桜の山上に一人筆を執り続ける尼僧作家。その花の闇の深さは無限なのです。

黒田杏子

『ひとり』自選二十五句

紅葉燃ゆ旅立つ朝の空《くう》や寂

生ぜしも死するもひとり柚子湯かな

曼《まん》茶《だ》羅《ら》華《げ》降る経をあげ庵の春

ペン置けば深夜の身ほとり冴え返る

二《に》河《が》白道《びやくどう》駈け抜け往けば彼岸なり

はるさめかなみだかあてなにじみをり

天《あめ》地《つち》にいのちはひとつ灌仏会

雛飾る手の数珠《じゆず》しばしはづしをき

子を捨てしわれに母の日喪のごとく

羅の緇《し》衣《え》の袂に螢拾ひため

釈迦の腑の極彩色に時雨けり

火葬炉の鉄扉の奥に虎落笛

仮の世の修羅書きすすむ霜夜かな

おもひ出せぬ夢もどかしく蕗《ふき》の薹《たう》

落籍《ひ》かされし妓《こ》の噂など四日かな

寂庵に誰のひとすぢ木の葉髪

山新樹法灯不滅天台寺

独りとはかくもすがしき雪こんこん

春逝くや鳥もけもののもさぶしかろ

骨片を盗みし夢やもがり笛

むかしむかしみそかごとありさくらもち

湯豆腐や天変地異は鍋の外

鈴虫を梵《ぼん》音《のん》と聴く北の寺

落飾ののち茫茫と雛飾る

御《おん》山《やま》のひとりに深き花の闇

瀬戸内寂聴　受賞後八句

梅の香の外まで流れ尼の庵

みちのくの川はアイヌ語鐘五月

奥嵯峨や庵主白寿の白牡丹

寂庵や今宵も独り月もまた

チベットの旅愁はてなし麦の秋

奥嵯峨や白寿の庵主ひとり酒

死にぎわをまた描く癖庵の冬

嵯峨野なる白寿の庵主今日も留守

第７回　星野立子賞

（2019年）

受賞作品

『水瓶』

対中いずみ

2018年8月25日　ふらんす堂
定価2700円〈税別〉

受賞者略歴

昭和三十一年、大阪生まれ。平成十二年、「ゆう」（平成十七年終刊）入会、田中裕明に師事。平成十七年、「椋」「晨」入会。第二十回俳句研究賞。句集『冬菫』、『巣箱』。平成三十年、句集『水瓶』（第六十八回滋賀県文学祭文芸出版賞）。「静かな場所」代表。「秋草」会員。

受賞の言葉 ——

今朝咲きしくちなしの又白きこと　立子

星野立子は初学の頃からずっと好きな作家です。大正時代のホトトギス作家では、ほかに素十と茅舎が好きでよく読みます。もちろんその他の作家も、伝統・新興の別なく、面白く読みますが、ずっと心が寄るのは立子作品です。虚子、爽波、裕明という師系につらなって俳句を学んだことに謝しつつ、いま咲いたばかりのくちなしのように新鮮な句を詠みたいと願っています。

この句集をまとめるにあたって

『水瓶』は私の第三句集です。第一句集『冬菫』は師事した田中裕明選の句をまとめ、第二句集『巣箱』は先生没後の歩みを吟行句を中心にまとめました。『水瓶』は編年体ではなく、〈わたくしの龍が呼ぶなり春の暮〉を中心に編集しました。この句が嫌がらなかった句だけを集めて一集とし、龍がテーマのような句集となりました。編集は手探りでした。何度も作っては崩し、作っては崩して、だんだん『水瓶』の世界が形になっていったように覚えています。少しずつイメージを創ってゆく作業は愉しくもありましたが、かなりのエネルギーを要しました。第一・第二句集が習作時代だとしたら、その次の段階へ踏み出そうとしていたのでしょう。私にとっては節目になる句集に星野立子賞をいただけて、本当に嬉しかったです。肩を叩かれ背中を押されたようで、前に進む勇気をいただきました。ありがとうございました。

対岸の比良と比叡や麦青む

私たちもよく行く場所です、対岸の比良と比叡というのでこれは琵琶湖の地から見たんでしょうね。住んでる人の目線がよかったと思います。季題（季語）の飛躍がいいですね。

星野　椿

麦の穂の重なりあへば無きごとし

凝視の深さがある一句。麦の穂が実り、一列に同じ向きに並んでいる。麦畑が幾何学的にすっきりと通っているのでしょう。整ったものを「無きごとし」と無化してしまう飛躍が大胆で、思い切りのよさを感じます。

宮坂静生

一面の落葉に幹の影が乗り

一面の落葉という描写に、地上に散り敷いた落葉が見えてきますし、かなり広い拡がりが見えてきます。そこに「幹の影が乗り」という描写からは木全体は見えてはいないのですが、幹の存在感と迫力が感じられます。ある一点の写生から大きな全景が見えてくる工夫がされている一句。

西村和子

人待てばからだ傾く石榴かな

石榴の木の下で来ない人を待っている。時には前屈みになったり、左右に体を傾けたりしながら来ない人を待っている光景が浮かびます。歯をみせる石榴の実がどこか不気味。時に周りの人から「この人は何をしているのだろう」と見られる場面が想像される。単純ながらふしぎな一句です。

宮坂静生

刈られたる芒の方が美しく

芒自体が野にそよいでいる姿も美しいのですが、芒を刈り取ると、その刈り取った跡が見えてくる。思いもかけない発見と、意外なところに目をつけられたところにはっとさせられ、句の新鮮さに打たれました。

黒田杏子

菖蒲の芽池のくびれてゐるところ

「池のくびれてゐるところ」は池のほとりか何かだと思いますけれど、面白いところを見ていると思います。そこに菖蒲の芽がツンツンと出ているる。時が立つと菖蒲の花が咲くのでしょうか。その予感を共感できました。

星野　椿

菊挿すやさつとやみたる山の雨

特別珍しいところを詠んではいない。だけれども、山の雨がさっとやんだことと、それから菊の苗をさすという菊を増やしていくときの情景が何のたくらみもなく、素直に表現されている秀句だと思います。

黒田杏子

キャンプの子松笠拾ひはじめけり

キャンプの子が初めて松笠を拾うということはもう遊びではないでしょう。キャンプファイアの燃料にするのでしょうか？キャンプといっても皆で協力するような、好ましい雰囲気が感じられます。

小澤　實

石鹼玉眉を顰めて吹く子かな

西村和子

昔の素朴なシャボン玉でしょう。「眉を顰めて吹く」という描写に、息が弱いとシャボン玉にならないし、強いと破れてしまう。その加減の難しさがよく表現されています。眉をひそめるのは女の子でしょう。ゆっくりシャボン玉を吹いている様子ははたから見るととてもかわいいし、妖しさをも感じる一句です。

堅田なる千那の寺の松に雪

松に雪となればこれはもう日本の原風景です。作者は地元のことを上手く俳句にまとめています。「堅田なる」という出だしも良かったと思います。私も高士もよく行く場所で俳句との縁が今も「浪乃音酒造」という酒蔵と続いている馴染みのある場所です。

星野　椿

『水瓶』自選三十句

何かよきものを銜《くは》へて雀の子
壬申の乱をはるかに麦青む
雨の土苗札につき鉢につく
はなびらのすりぬけてきし桜かな
日沈みなほしばらくや竹の秋
わたくしの龍が呼ぶなり春の暮
着信の青き光やみづすまし
白雲に黒雲入りぬ杜若
魚そよぐやうに竹の葉降りきたり
そのまはりかすかな水輪蟇
蓮の葉に氷のやうな水の玉
人の顔白く浮かべる網戸かな
水を見てゐて沢蟹を見失ふ
半裂の手の握らるることのなく
やぶからしそれからへくそかづらの蔓

どこからが龍どこからが秋の水
亡き人の眼をのみ畏る稲の花
言霊のはじめ檸檬のしぶくごと
月仰ぐ猫の粗相を拭ひつつ
団栗に石段があり渚あり
思ふより熱き兎を抱きにけり
冬うらら龍の巻髭伸ばしたく
一面の落葉に幹の影が乗り
遠山は海の如くに十二月
鳥のほか川しづかなる裕明忌
鴨の水尾うしろの鴨に届きたる
わからなくなり水仙のやうに立つ
氷のかけら氷の上を走りけり
ふらふらと笹の葉影や雪の上
雪つよくなれば水鳥沖をさし

対中いずみ　受賞後自選十句

流れゐる水あたらしき屛風かな

みづうみに紺の戻りぬ冬木の芽

人来ればするつと蘗になりぬ

家中の鋏古りたり桃の花

円卓の蟻二周目に入りにけり

軸まつすぐに大芭蕉ゆらぎをり

谿川の大方は影葛の花

白桃の産毛ほどにも闘へず

ひとつきはしぐれの虹のやうにゐる

綿のせて子らの聖樹となりにけり

第8回 星野立子賞

（2020年）

受賞作品

『黄金分割』

小林貴子

2019年10月6日　朔出版
定価2000円〈税別〉

受賞者略歴

昭和三十四年長野県生まれ。昭和五十六年、信州大学学生俳句会入会、「岳」入会、宮坂静生に師事。昭和五十七年「鷹」入会（平成九年退会）。現在「岳」編集長、現代俳句協会副会長、朝日俳壇選者、俳文学会会員。平成十五年第五十八回現代俳句協会賞受賞。句集『海市』、『北斗七星』、『紅娘』。著書『もっと知りたい日本の季語』、『秀句三五〇選　芸』など。

受賞の言葉 ―― 身に余る輝き

長野県飯田市の我らが中学校において、生徒の標語は「地味で質素で粘り強く」であった。「地味で」「質素」って、そんな意味の重複した二語を畳みかけなくても、と、大人になってから思ったが、すっかり地味で質素に育ってしまった。

一九八一年に俳句を始め、二〇二〇年で四十年になった。この間、「岳」の宮坂静生主宰のもとで、ただ粘り強く俳句を続けてきた。こんな地味な私に、このたび、星野立子賞をくださるという。賞の輝きがまばゆすぎて、目がくらくらしている。

選考に当たられた先生方に、厚く御礼申し上げます。

この句集をまとめるにあたって

戻れば春水の心あともどり　星野立子

昭和八年二月八日、百花園への吟行でこの句が作られた。早春の頃、日当りと日陰では体感温度がかなり異なる。誰もが知る感覚だが、この措辞は独創的である。

『ホトトギス雑詠句評会抄』において中村草田男は「心を春水の全面に打被せ、春水の晴陰と共に心も晴陰すると云う趣がある」と評しており、私も共感する。そして、この句も入集する第一句集『立子句集』の序に、高浜虚子は「写生といふ道をたどつて来た私はさらに写生の道を立子の句から教はつたと感ずることもあつたのである。それは写生の目といふことではなくて写生の心といふ点であつた」と記す。上掲句はまさに「写生の心」を生かして作られたものといえよう。つまり、立子は見えるものを見えるように客観写生したのではない。目には見えない体感を、「写生の心」によって表現し得たのだ。私もこの「写生の心」を身につけたいと願う。

寒行や水つながれる十六井

十六井は鎌倉でしょうか。寒行ですから滝か何かに打たれているわけですね。その水が十六井に繫がっているということで非常に幅が広く、情景が広がる奥深い一句だと思います。

星野　椿

花吹雪尾を持たぬ身の不安定

花吹雪という季語の斡旋が抜群だと思います。「尾を持たぬ身の不安定」というような言い方は他の人の俳句の中にもあるように思いますが、ここに花吹雪を持ってこられた。作者ならではの作品ではないかと感心しました。

黒田杏子

恋をして沼の面を渡る蛇

これは独特な言い回しだと思います。沼を渡る蛇が恋をしたという意味で取ると嫌味がなくロマンチックな句です。調べの面白さもあります。

星野　椿

足裏より突き上げ来たる今年かな

体感に訴えてくる一句です。新年を迎える心情を肉体に響いてくるものとして描いた。足の裏から突き上げてくるように新年を迎えたということは迫力を感じさせられます。

西村和子

篦鹿の篦じつくりと春を待つ

篦鹿は寒いところに住む大型の鹿で、大きな角がへら状になっている特徴があります。その篦鹿の角に焦点を絞っていくところが見事です。そこから「じつくりと」という表現が導かれるところも素晴らしいところです。春を待つ気分を大きな篦鹿に託しています。

小澤　實

アカエリヒレアシシギの子を保護してゐます

長い学名がそのまま書き留められていますけれども、これによってそのシギの特徴が見えてきますし、希少な鳥であることも意味していると思います。この「保護してゐます」という口語表現によってはっとさせられるところがあります。

小澤　實

治《はる》郎《らう》の忌や大寒の草新た

信大句会　清水治郎さん

清水治郎は信州大学の図書館員でした。大変学生俳人の面倒をよく見てくれた、私にも作者にも恩人に当たる人です。その人の忌に大寒の草が新たに生えているのを見たと。その治郎という人の優しさ、たくましさを大寒の草に見い出しています。

小澤　實

三線の音色いそがず花ゆうな

朝は黄色、夕方には赤みを帯びて落下する南国のゆうなの花とゆったりした三線の対応に沖縄特有の空気が描かれている。民族楽器三線の音色こそ沖縄の人たちが長い年月をかけて磨き上げた平常心のようなもの。気張ることがない海の民の明るさがある。

宮坂静生

邯鄲やかけてとどまる釉《うはぐすり》

淡い黄色に緑色を帯びたすずむしまがいの邯鄲。「りゅうりゅう」と鳴く。焼物に釉がとどまる半透明感と邯鄲の鳴き声との感性のひびき合いが巧み。芸があり、美観がある。好奇心が旺盛な作者ならではの一句ですね。

宮坂静生

不動滝体を持ってゆかれさう

俳句は五感で作るものだとよく言われますが、体全体を持っていかれそうだという迫力のある表現が成功しています。人は大きな自然の力の前に立つと自分が小さい存在に見えてその中に吸い込まれそうになる感覚は誰もが体験していますが、それをストレートに表現したことで実感が増しています。

西村和子

『黄金分割』自選三十句

花冷や理髪に革砥ありし頃
水泳の勝者は水を打ち叩き
兜太壮《さか》り男《を》秋風をわしづかみ
太宰忌や鰺の叩きを鰺に乗せ
大阪の夜のこてこての氷菓かな

大阪天満宮　秋思祭　二句

ひたと扉を鎖して始むる秋思祭
月祀る篝火の炎《ほ》に根のあらず
恋しさや地に着かむ雪ふつと撥ね
別珍の布団の衿や春祭
どこまでも歩ける靴やチューリップ
ぢだんだのやうに噴水落ち継げり
冬めく日薄き心のままに逢ひ
千手観音すりぬけ蛇は穴に入る

三・一一以降　二句

冬ざれや片目つむりの鞴神
三鬼の忌変つてしまひたる未来
朧にはあらず捨て牛歩みをり
かけひきはチェリーカクテル傾けて
結構違ふよ団栗の背くらべ
狸飼ふ男人生まつぴらと
一夜にて子供生みたり雪だるま
エープリルフールうふふと言ふ駱駝

沖縄　二句

虹立つは極楽鳥の尾羽とも
三線の音色いそがず花ゆうな
岩塩は骨色冬は厳しきか
風船を持てば未来はすぐそこに
六月やもつと寄つてとカメラマン
月今宵土偶は子供生みたさう

本居宣長居

若葉には若葉のもの、あはれかな
葛引くと遠くが動く晴子の忌
仲良くはないが集まり冬眠す

小林貴子　受賞後自選十句

年立つや七星剣の守る宇宙

初芝居嘆きの息を吐き切りぬ

汗かきて成したるが泡沫と帰し

凩や奈落見えたる目の手術

枯　原　や　広　々　と　あ　る　几《かぜがまえ》

走り根の冬鑑真の血脈とも

蟷螂は長すぎる糸繰る仕草

海鼠腸を食ふや古事記の神々と

平和来よハンカチの木に花の咲き

こんなにも油吸ふ茄子何だか好き

第９回　星野立子賞

（2021年）

受賞作品

『冬泉』

藤本美和子

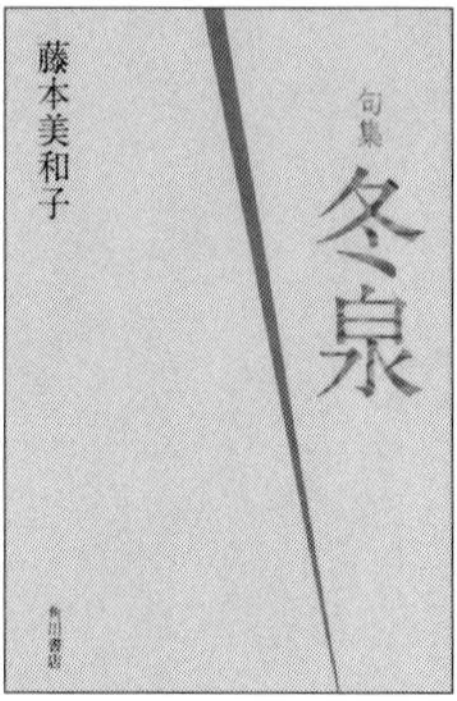

2020年9月25日　角川書店
定価2700円〈税別〉

受賞者略歴

昭和二十五年和歌山県生まれ。昭和六十年、綾部仁喜に師事。現在「泉」主宰。俳人協会理事、日本文藝家協会会員。句集『跣足』（第二十三回俳人協会新人賞）、『天空』、『藤本美和子句集』、著作『綾部仁喜の百句』、共著『俳句ハンドブック』など。

受賞の言葉 ―――――― 師恩

どういう訳か、星野立子先生宛の封書が出されぬまま手許にある。中身は拙句を記した投句用紙。投函することもなく四十年余が過ぎた。当時立子先生はすでに病臥の身、高木晴子先生が選にあたられていた頃だ。在籍期間はほんの数年、熱心な徒ではなかったが句座の楽しさと醍醐味を教えてくれたのは「玉藻」である。昭和五十六年九月十五日、「玉藻」の若手ばかりが集う「若藻勉強会」が私の俳句の原点。その後師事した綾部仁喜からは俳句の心を学んだ。師恩の有難さを思うばかりだ。選考の労をお取りくださった先生方に心より感謝申し上げます。

この句集をまとめるにあたって

句集名は師匠、綾部仁喜との永別に際して詠んだ〈先生のこゑよくとほる冬泉〉に因んだ。この句集は主に六十代の作品をまとめたが、「こゑ」に関わる句が多くて我ながら驚いた。綾部仁喜先生は晩年十一年にも及ぶ入院生活を送られ、気道切開によって声を発することが叶わなかった。声を失った先生に身近に接する機会が多かったことも影響しているのかもしれない。

二〇一五年一月十日、呼吸器から解放され亡骸となった先生との対面を果たしたとき、いつものように何かを語りかけてくれる先生の声が確かに聞こえた。先生にもまた「冬泉」を詠んだ句、〈沈黙を水音として冬泉　仁喜〉がある。

かつて石田波郷が〈泉への道後れゆく安けさよ　波郷〉の一句を「心の置場所のやうな句になつた」と書いていたが、仁喜句の「冬泉」もまた同じような風情がある。詩魂の湧きつぐ心の泉。この「冬泉」が発する「こゑ」を聞き留めてゆく。これが私の進むべき道ではないか、と思っている。

底紅は井戸端の花母の花

底紅の花が母の花だと言ったところが泣かせどころだと感じます。母もの俳句の弱点とか泣き所ということが言われますが、この句は「井戸端の花」ときちんと押さえていることで、存在感が高まっており、見事な句だと思います。

黒田杏子

夕刊のたたみてうすき氷点下

一見して、如何にも寒々とした句材で、あまり人が注目しないところへ着眼したことに惹かれますね。夕刊をたたんでポケットに入れる。あの都会の夕方の寂しさ。文人風な清貧なくらし詠ではなく、日常の生活感が感じられます。

宮坂静生

ねむりたる赤子のとほるさくらかな

この眠りたる赤子は乳母車に乗って通っているのでしょうが、その乳母車を省略したあざやかさを感じます。そして、眠っている赤子の無防備なところから桜の純粋な美しさを感じさせているところが見事です。

小澤　實

蓑を干し足《あし》半《なか》を干し鵜縄干す

鵜飼が終わった後の鵜匠の行動をそのまま描いているのでしょう。まずずぶ濡れになっている蓑を干し、足半を干し、それから水を存分に吸った鵜縄を干すというこの順番に現実感があります。鵜飼が終わると普通観光客は帰ってしまうのですが、俳人はその後まで見ている。その目の確かさを感じます。

西村和子

先生のこゑよくとほる冬泉

先生とは綾部仁喜さんのことであると思います。その先生への敬意、思いがよく出ている句だと思います。冬泉のところに現実にはもはや先生はいないと思うのですが、その冬泉の深い透明感に先生の声を感じているところに深い思いを感じました。

小澤　實

吊つて売る亀の子束子やませくる

やませは東北当たりの夏に吹く冷たい北東風ですね。亀の子束子を売っている田舎銀座とでも呼ばれている素朴な店先の光景に生活感を感じさせられます。目立った光景をさけて、地味な句材に人生観を思わせる句です。

宮坂静生

白鷺の一喝に年あらたまる

女性性とか男性性を超えた大きな断定の句です。この人の俳人としての腹の据わり方が感じられて心地よい。素晴らしく、優れた句だと思います。

黒田杏子

立子忌の鎌倉からの電話かな

三月三日の立子忌に鎌倉から電話がかかってきた。それは星野立子賞をとった知らせではなく、ほかの要件だったようです。立子との縁を大切に想い、その日を大事に意識し過ごしている作者の心持ちがこちらにも伝わってくるようです。

星野　椿

ひらきては四万六千日の傘

四万六千日ですから、ほおずき市を思い浮かべます。何となく時期も分かり、その頃の雨はなかなか潔いというか、そんな感じがします。「傘」と止めたところも独特でしたね。

星野　椿

谿風に浮くはきつねのかみそりよ

きつねのかみそりは山野でよく見かける花の一つです。最初はふわふわしているのは何だろうというふうに見てたわけです。段々近づいていったら、それはきつねのかみそりであることが分かった。その経緯、発見、時間の経過までが巧みに工夫されています。前半の描写にも目の確かさを感じます。

西村和子

『冬泉』自選三十句

木の国の名残の薺摘みにけり
岩岩はしぶき隠れや送り盆
日の当たる山が愛宕や古暦
ねむりたる赤子のとほるさくらかな
鍼打つて沈丁の香を近くせり
ひとすぢの水の入りゆく蟬の穴
夜振火も浦風草もまた吹かれ
蓑を干し足半《あしなか》を干し鵜縄干す
日陰より日向に出づる鳰
悼 綾部仁喜先生
先生のこゑよくとほる冬泉
身を折りて聴く八月の風のこゑ
亀は浮き鯉は沈みて七五三
髪の根を風吹きとほる夜の秋
潮さしてきし川波や十三夜
羊羹のひと切れが立つ冬景色
火の山の火のいろ思ふ蓬かな
桑の芽の茫茫たるを潜りけり
腹帯の白さなりけり利休梅
手鏡のおもて明るし雪の果
墓原に人影うごく梅雨夕焼
風鈴のいつせいに鳴る千社札
惑星のひとつが近し夜会草
筆談の紙の白さよ雪螢
あはうみの暮れのこりたる膝毛布
狼の護符が一枚水温む
裏山のひかへてゐたる雛屛風
イースター《イタリア》ホリデーにして橋の上
ははそはの母に九月の熊野川
サフランのうすむらさきの服喪かな
色鳥やひと巻は母恋ふるうた

藤本美和子　受賞後自選十句

松明けの子がスケボーに乗つてきし

ついひぢのうちがは昏し修二月会

上枝より下枝に移る鳥の恋

立子忌の花ひともとは濃紫

百日紅百日白に後れけり

ほのぼのと枇杷にいろのる潮止り

かなかなに旧りし片袖机かな

ゆきあひの空あさがほの遊び蔓

あをぞらの月とブロッコリー畑

鎌倉も路地の奥なる掘炬燵

第10回 星野立子賞

（2022年）

受賞作品

『夜須礼』

井上弘美

2021年4月26日　角川書店
定価2970円〈10%税込〉

受賞者略歴

昭和二十八年京都府生まれ。昭和五十九年、関戸靖子に師事。昭和六十三年「泉」入会、綾部仁喜に師事。平成二十四年「汀」創刊主宰。句集『風の事典』、『あをぞら』、『汀』、『夜須礼』（第十四回小野市詩歌文学賞）。著書『俳句上達9つのコツ』、『季語になった京都千年の歳事』、『読む力』（第三十五回俳人協会評論賞）。「泉」同人、俳人協会評議員、日本文藝家協会会員、俳文学会会員、朝日新聞京都俳壇選者。

受賞の言葉 ―――― 大いなる鑑

星野立子の俳句は天与のものであって、誰も真似ることは出来ない。四季折々、幾度唱えても飽きることが無く、心の隅々に響く。その詩心を、立子は終生失わなかった。〈囀をこぼさじと抱く大樹かな〉の明るい包容力と、〈暁は宵より淋し鉦叩〉の郷愁にも似た一人心。立子は人知れず一人心を磨いていたのかもしれない。私自身が年を重ねることで、立子はますます新鮮だ。今後は、星野立子を、私自身を糺す鑑として精進したい。

選考に当たって下さった先生方、この賞に携わって下さった全ての方に、心より感謝申し上げます。

この句集をまとめるにあたって

句集に収めたのは二〇〇八年から一九年までの三五九句で、第四句集。東京での「汀」創刊二年前から、七年目を迎える時期に当たる。創刊と同時に「京都歳時吟行」を開始し、東京と京都の仲間と共に京都の伝統行事を吟行した。句集のベースになっているのはこの時の作品で、句集名『夜須礼《やすらい》』も今宮神社の奇祭、安良居祭による。私にとっては、先に上梓した『季語になった京都千年の歳事』の姉妹編で、ささやかながら、産土の地への礼賛の句集といえる。さらに、全国各地をよく旅もした。歳晩の下北半島で見た満月や、富山湾で見た深夜の螢烏賊漁など、数々の忘れがたい風景とも出合った。今から思えばコロナ禍以前の、自由で贅沢な時代だった。

一方で、この間に、京都で二十年間お世話になった関戸靖子先生、晩年の十一年を病床にあった綾部仁喜先生を喪っての句集上梓となった。立子の一人心を仰ぎいよいよ精進の日々を重ねねばならないと覚悟している。

野遊びの靴脱ぐかへらざるごとく

野遊びに行って気持ちがよくて草の上で靴を脱いで裸足になられたんだと思うんです。そして「かへらざるごとく」が大胆な発想で、実に人間的で野遊びの喜びや楽しさが過不足なくたっぷり表現されている豊かな一句です。

黒田杏子

荒縄をくぐる荒縄鉾組めり

これは祇園祭の鉾組の様子を見事に詠んでいます。複雑な鉾組を荒縄をくぐる荒縄という動きをもって、臨場感をもって描いているところが見事です。物質感が感じられます。

小澤　實

茶道具のしろがね尽し夕涼み

「涼し」とは真夏の暑いときに一瞬の涼感を感じる季語です。茶会にはその主催者の美意識が反映されます。参加者もその美意識に呼応するものです。大変贅沢なお茶会だと思うのですが銀製品ばかりだったということを言っているのではなく、「しろがね尽し」という表現に、視覚からその涼しさが感じ取られる句だと思います。

西村和子

水平に差し出す笞《しもと》青嵐

京都の上賀茂神社の競馬《くらべうま》を見たことのある人には思い当たる動作です。「競馬」ではなく「青嵐」と季語を置いたところに工夫を感じます。縦も横も斜めも上下もない青嵐という自然界の様相の中で、水平に差し出す鞭は明確な意思を持ってなされた方向性である。その動きの対比に魅力を感じます。

西村和子

根の国へ鉦を打ちゆく暮春かな

京都の安良居《やすらい》祭は今宮神社で行われる鎮花祭です。花傘に入ると無病息災が約束される。その傍らに飛び跳ねる鬼がいてそれが悪霊退散の儀式になっています。地底にあるという死者たちの国へ鉦を打ちにゆくという幻想が生きている。京都という都の華やかさと暗い面とを兼ね備えた息詰まる巧みさがある句です。

宮坂静生

正月の凧みづうみの風を得て

凧だけですと春の季題（季語）ですが、正月の凧ですのでまさに凧揚げのお正月の風情がでていると思いました。「みづうみ」は琵琶湖あたりなのでしょう。正月の凧は独特の表現だと思います。

星野　椿

鷹待つは風待つ後の更衣

旧暦の十月一日が後の衣替えになります。この頃、宮古島あたりでは新北風（ミーニシ）という風がふきます。本土から、あるいは朝鮮半島からサシバがその風に乗ってやってくる。宮古島特有の鷹の渡りを待つ地域の自然、生活への目がしっかりと表現されています。

宮坂静生

湖一壺冬満月のあかるさに

琵琶湖を一つの壺と置き大きな世界を打ち出していることに感銘を受けました。秋の月ももちろん美しいのですが、冬満月と言われると引き締まった荘厳な満月の光がイメージされ、冬という一字が実にこの句の中で活きていると感じました。写実と作者の心持ちがよく表れているのではないでしょうか。

黒田杏子

かがり火を雨のつらぬく実朝忌

実朝は最後には謀反で討たれてしまう。実朝は武士で歌人でありましたが、その忌日に「かがり火を雨のつらぬく」といったところで、その生涯の勢いとはかなさの両面を感じさせられます。

星野　椿

楮踏むとは産土の水を踏む

黒谷和紙

私も那須の田舎で育ったので楮というものを見たことはありますが、楮踏むとは和紙を作る過程ですから、多分紙を漉くようなところに行かれてこの句を詠んでおられるんだと思います。たった一行の中に作者のよろこびや心づくしが感じ取れるとても立派な句ですね。気持ちがいい。

黒田杏子

『夜須礼』自選三十句

あをあをと海の暮れゆく雛の膳
野遊びの靴脱ぐかへらざるごとく
実りゆくもののしづけさ晩夏光
小鳥来る一枚板の譜面台
いちまいに水暮れてゆく桜かな
荒縄をくぐる荒縄鉾組めり
サハリンの尖見えてゐる夕花野
てのひらに残つてゐたる柿の冷
夜須礼の花傘を呼ぶはやち風
花させば弔ふごとし夏帽子
母の忌の母をむかふる雪明り
悼 綾部仁喜先生
雪嶺を仰ぎ一死を仰ぐなり
流氷原を行くたましひの青むまで
蝮酒ぐらりと闇が傾ぎけり
犬岩の耳滅びゆく冬銀河

春の闇より降ろしたる段梯子
螢烏賊かもめの嘴に発光す
すこやかに大地濡れゆく杏の実
なほ暮るる黄泉比良坂冬が来る
金星の神在月の高さかな
月光にうち広げおく花衣
螢の夜鼻緒につよく足を入れ
月《げっ》魄《ぱく》となる山中の飛瀑かな
蕪村忌の舟屋は雪をいただけり
狐火を見にゆく足袋をあたらしく
湖一壺冬満月のあかるさに
幾重にも折山のあり懸想文
解くほどに濡れ色となる粽かな
水中に透ける手のひら星の恋
楮踏むとは産土の水を踏む

井上弘美　受賞後自選十句

火を焚けば影のあつまる鬼やらひ

花冷えや面の厚みの面袋

おるがんに鳥の彫刻春北斗

もう声の届かぬ遠さ若布刈

子蟷螂にも面差しといへるもの

跳躍の馬の大腿新樹光

うすものや水を隔てて能舞台

鵜篝を消し月光をもどしけり

蒼天の鶴を迎ふる鶴の声

くだら野や白磁となりて日の亘る

さらに大きく

小澤　實

立子賞選考委員を務めるようになってから、女性の句集が届くと、まずざっと読んで、立子賞の候補に推すか否かを判断するようになった。これを課して句集を開いて来た、この十年の句集と付き合った経験はぼくにとって、たいせつなものになっていると思う。また、この最初の読みの際につよく推したいと感じる句集に出会うこともあった。第一回受賞句集津川絵理子さんの『はじまりの樹』がそういう句集であった。

切り口のざくざく増えて韮にほふ

これらの魅力的な作品を含む句集を、第一回の選考会で選びえて、ほんとうにいいスタートが切れたと確信した。ぼくは選評に絵理子俳句について「立子を継ぐもの」と自信をもって記した。

そして、一昨年（二〇二一年）、津川絵理子さんの次の句集『夜の水平線』が俳人協会賞に選び出された。

あたたかやカステラを割る手のかたち

絵理子俳句のさらなる成長をみごとと思った。立子的な感覚の良さはより強くなっている。加えて、絵理子句集をまず受賞させた立子賞自体があらためて評価されたような感じを受けた。立子賞自体がひとつ大きくなったような印象なのだ。

この賞が大きくなった、と感じた瞬間が以前にもあった。第六回の瀬戸内寂聴句集『ひとり』受賞決定の際である。小説家でありながら、真摯に仏と自然といのちと向き合う俳句は、スケールが大きく、澄み渡っていた。

曼 荼 羅 華 降 る 経 を あ げ 庵 の 春

御 山 の ひ と り に 深 き 花 の 闇

ぼくは選評のなかで「近代女性俳句の歴史のなかから見ても、文人俳句の歴史のなかで捉えても、傑出した作品であると思う」と書いている。これは現在も褒めすぎとは思っていない。今後も『ひとり』のすばらしさを書いていきたいと思う。授賞式の最後に寂聴さんと握手した手の柔らかさが忘れられない。当時、コロナ禍になっていないでよかった。

授賞式の選考委員のみなさんからも多く学んできた。みな人生の先輩にして達人である。自分の推す句集の魅力を諄々と説いてくる。最後は説得されてしまうことも多かったが、それもぼくにとってたいせつな経験となった。

第五回まで選考委員を務められた後藤比奈夫氏のファックスによって届く事前投票と意見具申が忘れがたい。各句集に百点満点の点数が付けられているのである。第二回は受賞の西嶋あさ子句集『的皪』が最高点の八十七点、次点句集が八十五点、次々点句集が八十点と続く。この点数の繊細なつけ方に評価の厳しさと俳句への深い愛を感じていたのだ。

未来は明るい

黒田杏子

星野立子賞の存在とその価値は年々高まっていることを実感します。選者に加えていただき十年。私の自分史の中でこの仕事は大きなウエイトを占めるようになりました。椿さんより「選考委員を」とのお電話。「光栄なこと。ありがたくお受けします」とお答えした日。何と後藤比奈夫先生もお受け下さったと伺って胸が高鳴りました。

第一回の選考会は神戸で。後藤先生から選考委員全員に色紙が贈られたのです。「黒田さんには一度お目にかかりたいと思っていたのです。山口青邨先生に学生時代から師事出来た。それは貴女のお宝です」と。実にダンディなお方。句集の評価を点数で示されるなど、科学者俳人の面目躍如。

第一回からの受賞者は津川絵理子さん。西嶋あさ子さん。髙田正子さん。藺草慶子さん。駒木根淳子さん。堂々たる顔ぶれです。迎えた第六回。後藤先生に代わって宮坂静生先生が選考委員にご就任。何とその宮坂先生が瀬戸内寂聴さんの『ひとり』を強力に推されたのです。続いて小澤實さんもこの句集の意義と魅力を情熱的に述べられます。次に星野椿さん。「杏子さんはこの句集の生みの親。今日は黙っていていいのよ」と。そして西村和子さんも見解を。結局、私を除く全員の推薦で瀬戸内寂聴さんの受賞が決定。私は涙があふれてとまりませんでした。

この日の夜は寂聴さんの朝日賞授賞式。夕刻から私も帝国ホテルに招かれていましたが、立子賞の事はまだお伝え出来ません。結局、その日の夜遅くに帝国ホテルのスイートルームにお電話を。その頃には『ひとり』の星野立子賞受賞の第一報が事務局から入っていたようです。「立子賞受賞はほんとなの。嬉しいわぁ。今夜はここに娘の理子もきているの。朝日賞五百万円、立子賞百万円。私、筆一本で一夜にして六百万円獲得。凄いわねぇ、杏子さん。連絡ありがとう、感謝します」。『ひとり』の七十五句は見事な人生絵巻。ともかく俳句作者として次の二つの決断は誰にでも実行出来るものではありません。

・自分の生んだ子を捨て「家出」。・五十一歳の女ざかり、仕事ざかりでの「出家」。

この「家出」と「出家」をなしとげた「無頼」精神が句集『ひとり』を貫いているのです。長年にわたり作家・宗教者として生き抜いてこられた人生の中で書きとめられた「絵巻」。この日、『ひとり』は星野立子賞受賞句集として確かな評価を得たのでした。

そして第七回から対中いずみさん、小林貴子さん、藤本美和子さん、第十回は井上弘美さんが受賞。この十年間、一貫して選考会の進行役を務めてこられた星野高士さんの絶妙の腕前も書きとめておきたいと思います。そして大きな上廣倫理財団のバックアップ力。

結論としては星野立子賞の未来は明るいと私は確信しております。

これまでとこれから

西村和子

改めて十年間の軌跡を読み返してみると、実に豊かな作品の可能性に満ちたセンスとの出会いを与えられたことに気づく。選考委員の一人として、大きな幸せを実感している。

十代の頃、初めて読んだ個人句集が星野立子の『實生』だった。それまでは自分の小遣で買える句集と言えば角川文庫や新潮文庫の集大成しかなかった。『實生』も先輩から借りたものだったので、ノートに筆写した。コピーなど無縁だった昭和四十一年のことだ。

初めて作家論を書いたのも星野立子論だった。先師清崎敏郎、今は亡き深見けん二、杉本零といった人々から、その人柄を伝え聞くにつれて、星野立子の魅力に引き込まれていった。賞の選考に当る時、これら先人達と心の中で対話していることがある。それは星野立子という作家を冠した賞であるからだ。

立子俳句が今も新しく、人々に愛誦されているのは、生きる実感を素直に詠み、折々の感受性を信じて本音を明かしているからだ。

平明な表現のうちに生きるかなしみがたたえられ、ふと口について出たような言葉に、慎みと心ばえがこめられている。

選考会で最も教えられるのは、他の委員の方々の評言によって、多角的な視点を得られることだ。私がはっとさせられることが多いのは星野椿氏の言葉だ。この賞の原点と本質を考えさせられたことが、たびたびあった。

星野立子が生きた時代と、俳句を巡る環境は、この五十年で大きく変貌を遂げた。女性の人生、俳句の世界における男女の比率の逆転、一般女性の日常、世間の目等々。しかしながら変わらないものがある。この十年間の受賞作を読むと、不変のものが見えてくるような思いがするのは、私だけだろうか。

不易流行は芭蕉の言葉だが、現代にも未来の俳句の世界にも大切なことだ。詩の基本である永遠性と、時代の新風と。虚子をして「立子等に依って拓かれた新しい道」と言わしめた女性による俳句の新風が、風雅の誠に根ざした本質であることを私たちは知った。

女性が保護され、特別扱いされ、珍重されて来た俳句史の過去と現状と未来を考える時、女性の句集に対象が限られてきたこの賞のあり方も、形を新たにするべき時が来るのも、そう遠いことではないかも知れない。

星野立子賞への寸感

宮坂静生

星野立子賞選考は楽しい。なにが楽しいか、俳句の「やさしさ」とはなにかをじっくりと考えられるからである。虚子が「花鳥諷詠」と一見、きれいなことばで唱えたアニミズム（万象がもつ地霊）を娘の立子に「やさしさ」として手渡す。このやさしさを求める心があるからこそ、俳句が六百年も続いたのであろう。

立子賞の選考に第六回から関わる光栄を与えられ、その初めが瀬戸内寂聴の句集『ひとり』との出会いであったとは、感慨深い。「生ぜしも死するもひとり柚子湯かな」が深く印象に残った。生きるにも死ぬにも自分の「孤」の哲学をもてという柚子湯に沈みながらの感慨は九十年間アニミズムに追い回され、仏門に入った尼僧の呟きだけに心に響く。

小林貴子の沖縄詠三十三句を含む『黄金分割』の句材、表現ともに多彩な才能に全員一致で入賞が決まったことも嬉しいことであった。「太陽の大きな島や海紅豆」「さがり花琉球の神ここに降り」と沖縄がこの俳人の百パーセント関心の的であることを知ったのも頼もしい。受賞式に臨むにあたり、立子五十句を暗誦、仲間内に披露したが、コロナ禍で受賞式ができなくて残念であった。井上弘美の『夜須礼《やすらい》』も充実した句集だ。谷崎流の「陰翳礼讃」の良識を深化させようと王城の地貌へ迫るだけではなく、北はオホーツク、南は宮古島まで視野を拡げている。それだけ自己への批評意識が鮮烈だ。「サハリンの尖見えてゐる夕花野」「月の夜の死んでましろき珊瑚かな」とはるかなるものを求める心が句を柔軟にし、読み手にやさしさを手渡す。藤本美和子の『冬泉』、対中いずみの『水瓶』ももう詠われているという類想感と必死に抗いながら類想と紙一重のところで自分の独自さを出そうと踠いている。「影曳きて鶴の歩める雪後かな」とは巧い。この芸の文人画風な完璧さが真実、藤本が求めるものなのか。その判断に迷う。しかし、これがいいと信じたら中途半端で捨てないで進むのがいいではないか。

「氷のかけら氷の上を走りけり」は対中の秀作。透明感は類想を跳ね飛ばそうと勢いもあるが、抽象化された小景にヒリヒリしながら、トータルとしての「いのち」が見えてこない。そこが不安だ。だが、対中も予想ができないいのちがこの先にあるかもしれない。

総じて、すぐれた俳人に出会え、刺激を与えられる。立子の目がやさしく、「昃《ひかげ》れば春水の心あともどり」と暗示し、後戻りはダメと語りかける。

『立子へ抄』（岩波文庫）を開くと虚子のことばが一行、「一つの点を把握せよ。あくまでもその点に執著せよ」（一つの点）とある。もう一つ。

「母の盲愛が私の心にしみ渡っておる。この母は何時までも私を守っていてくれるものだと思う。同時にあなたも守っていてくれるものだと思う」

母から虚子へ、そして立子へ。「やさしさ」という一点に執著せよといっている。

十年一日の如し

星野　椿

私は立子の俳句に対する姿勢を子供の頃から見て育ちました。真剣に取り組んでいる様子は今も目に焼きつき、近寄りがたい別人の様でした。母が遠い人になってしまった様なその姿を見て少し淋しい思いを抱く事もありました。一方で俳句という一筋の道をおろそかにしない勇気も感じてまいりました。

思えば天から降りてきたように俳壇に一つの大きな行事として燦然として世に出されました星野立子賞選考会の十年の足跡を振り返ります時、何時も厳正な選考と選考委員の先生達との温かい御講評と全員一致した時の喜びを思い出します。

意見がそれぞれに分かれつつも皆で意見を交換し、時に対立するのは進歩であり、親しさでもある中で頂上を目指してゆく姿勢に感動を覚えたものでした。立子好みの自然体、立子好みの流麗さなどが感じられる受賞作品が年々増えて豊かになりました。

ひと口に十年と言いますが、選考委員も作者もそこに一つの戦いのようなものがあり、それはお互いに向上してゆく機会だったと思います。句集を応募いただいた方のその句集に込めている想いも感じながら、一つ一つの句集を選考し、賞として選ぶ立場の選考委員の一人として、それは母が向き合っていたような真剣な勝負のような感じを抱かせるものでありました。

毎年、三月末には表彰式が行われる会場に出向きます。その道すがら、桜の名所でもある千鳥ヶ淵を訪れます。時に満開、時に七分咲き、もう葉桜に近い時と様相には違いがありますが、その場はとても晴れ晴れとした心地よい時間でもあります。残念ながらここ数年はコロナ禍で中止を余儀なくされておりますが、また再開される時が来ることを心待ちにしております。

この度、立子賞の十年の経過、足跡をまとめ、一冊の書籍として刊行する機会に選考委員として触れることができました。他所には見られない俳句道場のような感動を世の方々に与えられるのではないかと、喜びを感じております。

何より、立子賞受賞作家及び新人賞に選ばれた方々の活躍は嬉しいものです。

今後も立子賞の発展に尽力して行きたく思っております。

後藤比奈夫

いろ〳〵と御世話をかけ申訳ありません
先生方にもどうぞよろしくお詫びお伝へ下さいますやう
一とまとめに私の採点を申し上げますと
大石悦子の「有情」85点　西嶋あさ子の「的皪」87点
長嶺千晶の「雁の雫」80点　浦川聡子の「眠れる木」75点
山口禮子の「半島」番外

と言つた状況になりました。大石さんの「有情」は句に風格があり造詣の深い気持のよい句集ですが

やや高踏なところが見え隠れして少し難しいかも知れません。その点西嶋さん『的蝶』の方が平明で現代人向きかと思われます

長嶺さんの『雁の雫』は第五句集、健吟ぶりは判つのですが表現が少し荒いように感じられ、はじめ平明、中程で少し晦渋、終りはやや平凡な旅吟が多いように思いました。浦川さんの『眠れる木』は第三句集ややひとりよがり的の句があり、仮名遣は正確ですが片仮名の句が多すぎるように思います

山口さんの『半島』は杏子先生の丁寧な序文

を貰ってをられ韓国での勉強ぶりにも感銘し
ますが句集としてどう判断してよいか判りかね
一応棄権と致します
大雑把な意見で申訳ありませんがあとは
先生方の御意見にお任せ致しますよろしく
御願い致します
後藤比奈夫

注：この直筆選評は、二〇二〇年に逝去された後藤比奈夫氏が第２回星野立子賞選考会に寄せられたものです。

司会を務めて

星野高士

振り返ると色々なドラマがありました。個人的に「この句集はよかったな」と思っても司会ですからそれを言えません。その立場のみ知る葛藤、選考委員同士のやり取りは公にはできませんが、選考会の進行役を担えた事は貴重な機会であり、有意義な時間でした。最初の五年間は後藤比奈夫先生がおられ、唯一点数で句集を評価されました。この句集は八十五点。八十七点などと評価されます。最初は困惑し、二点の差は何でしょうとお聞きする緊迫した時もありました。八回からはコロナ禍で選考会はリモートになり不安もありましたが、オンラインの良さも体験でき何とか乗り切ることが出来ました。

立子賞は毎年一冊、ベスト1の句集を選出します。この十年「必ず一冊に決める」との強い気持ちで臨みました。様々な視点を持つ選考委員の句集に対する評価は当然、一致しません。最初は絶対に纏まりそうもない選考会が、時が経過するにつれて各々選考委員の選評を聞き理解を深め、気持ちが次第に変わっていくそのタイミングを逃さずに集約させていく司会のはたらきは実に面白いというか、醍醐味ではないかと感じます。

毎回の選考会でいい方を選出できたのではないかと密かに司会者としても嬉しい気持ちでおります。きっと立子の魂も見守り、後押ししてくれていたのでしょう。

第二章　星野立子新人賞　受賞者・作品

「秋ともし」より十句抄（選考委員選）

抜井諒一

手袋の白き敬礼初列車

立春を口実に酌む昼の酒

影に入る落花の白くなりにけり

来し人の小さき挨拶五月来ぬ

つんと酢が鼻を突くなり夏料理

花火などなかつたやうな夜空かな

秋ともし傷ひとつ無きゆでたまご

座る時とるその距離も秋の夜

団栗の帽子ばかりが落ちてをり

雲青くなり寒夕焼赤くなり

受賞者略歴

昭和五十七年、群馬県生まれ。平成二十年頃より句作開始。平成二十二年山本素竹に師事。令和元年第六十五回角川俳句賞ほか。

「姉妹」より十句抄（選考委員選）

糸屋和恵

石蕗の花このごろ熱を出しやすく
拭きとれぬ眼鏡のくもり一葉忌
都鳥人に会ひたる疲れとも
あたためし皿を並べて冬ざるる
やはらかき厚みとなりて日記果つ
青芒活字を読まぬ日もありぬ
夜の秋財布のごとくくたびれて
木犀や昼は通らぬ道をゆき
忘れたる傘思ひ出す良夜かな
どこへでも電車で行ける秋の暮

受賞者略歴
昭和四十三年、埼玉県生まれ。平成七年「藍生」入会。平成十三年第五回藍生新人賞受賞。会社員。

「一秋四冬」　より十句抄（選考委員選）

若杉朋哉

鬼灯に話しかけたる人のあり
煤煙のゆく冬の日の肌ざはり
冬の日のやや声高になりにけり
木枯しのさわぎたる日も終ひけり
たてかけてある雨傘の寒さかな
寒き雨つたふ枝より落ちにけり
遠山に真っ平なる冬田かな
降る雪のいつか後ろにありにけり
降りしきる雪のほのかに赤味かな
忘れたきことあまたあり冬の山

受賞者略歴
昭和五十年生まれ。慶應義塾大学文学部卒。平成二十四年四月頃より句作を始める。現在、所属結社等なし。

「飛沫」 より十句抄（選考委員選）

馬場公江

いつせいに蝶の噴き出す垣根かな
囀や寝転ぶによき草の丈
猫の子の何に勝負を挑みたる
返事まだ書く気にならずシクラメン
タンクローリー洗ふ飛沫や夏に入る
木犀やいつから開けつ放しの戸
小鳥来るアイロン不意に軽くなる
広がりも狭まりもせず冬木道
旧家とは思へぬ柄の干蒲団
初旅や見下ろす景に街と町

受賞者略歴
昭和四十年、福岡県生まれ。平成十二年「狩」入会。平成十五年狩弓賞受賞。二十年毎日俳壇賞受賞。二十七年福岡市文学賞。平成三十一年「狩」終刊により、「香雨」入会。香雨同人。俳人協会会員。

「消失点」より十句抄（選考委員選）

小助川駒介

眠る子の頬の涙や月明かり
握りよき陶片拾ふ秋の浜
秋風や絵本買ふ妻待つ間
スグソコと質屋の文字や冬隣
新聞を床に広げる冬日和
かなぶんのぽつとり落ちて歩き出す
空蟬や忘れられるといふかたち
秋風に開く頁の栞かな
秋の雲銀座の窓をしずしずと
主役ゐて脇役もゐて虫の闇

受賞者略歴
昭和四十一年、静岡県浜松市生まれ。早稲田大学第一文学部卒。平成二十二年より句会「風の会」に参加。星野高士に師事。『玉藻』同人。鎌倉在住。

「太古の空」

より十句抄（選考委員選）

吉田林檎

やうやくに仕事が楽し梅の花
春雨や遠出せずとも町楽し
泣き笑ひして寄席を出て春灯
夏服の袖折り返す左利き
千年のうちの一日の秋思かな
秋の蝶順風のほかなきごとく
欄干に誰の集めしくぬぎの実
冬紅葉忘るるために来しものを
山手線時に轟きさくら鍋
金風の塵芥まで光らしむ

受賞者略歴
昭和四十六年、東京生まれ。平成二十年より「パラソル句会」で句作を開始。平成二十二年「知音」入会。西村和子、行方克巳に師事。平成二十五年「知音」同人。

「手毬つく」より十句抄（選考委員選）

涼野海音

父と子の間に回る扇風機
めとりたき人にどんぐり拾ひけり
だれもゐぬベッドあたたか冬の鵙
雨音のかすかに昼の雑煮かな
手毬つく音のだんだんわが音に

ビー玉の空の色なる春休
すれ違ひたる遠足のもう遠き
かげろふへ鶏は目を開けしまま
釣堀に一番星の映りたる
父の日の拳に夕日とどまれる

受賞者略歴
昭和五十六年、香川生まれ。「晨」同人。平成二十六年、句集『一番線』（文學の森）出版。超結社の「高松・木の芽句会」を立ち上げる。

「初筑波」より十句抄（選考委員選）

大西 朋

風邪はやりはじめの町のぬるき風
畑のもの抜きに出てをり初筑波
生きてゐるうちもつめたき海鼠かな
入学のやや内股にハイヒール
筍の油湿りや少し長け
口開けて石橋渡る鴉の子
電球を淋しくしたる蜘蛛の糸
かはほりのきゆつと縮みし眼かな
新松子身を湿らする海の風
飛び石の真中くぼみて秋の声

受賞者略歴
昭和四十七年、大阪生まれ。現在、つくば在住。「鷹」同人、「晨」同人、俳人協会幹事。第四十一回俳人協会新人賞受賞、鷹新葉賞受賞。

「静かな器」

より十句抄（選考委員選）

金澤諒和

母といふ静かな器白日傘

蟬落ちて蟬の重さとなりにけり

人影は人を語らず原爆忌

竜の玉母が全てでありし頃

初夢に古りし故郷や今も古る

猫すべて貰はれゆくや春の雪

みづからの光を流れ春の川

流し雛きのふの雨に流れをり

春塵や玩具に長き眠りあり

うららかや虚子の呉れたる日と思ふ

受賞者略歴

昭和四十六年、神奈川県生まれ。大分県大分市在住。大分大学教育学部卒。平成二十三年より句作開始。「澤」「花鶏」同人。俳人協会会員。

「朝な夕な」

より十句抄（選考委員選）

秋山　夢

初蝶に絡む風あり潮臭し
掌に鼻ちやうちんの子猫かな
老鶯に蟹の出てくる蟹の穴
千年の杉に纏はりつく蛍
孟宗の夜は明るし金亀子
秋深く先ゆく鯉の泥けむり
紅葉且つ散る新顔の鳩のゐて
鷹狩の鷹に驚く只の犬
夜咄の猫は尻尾で応へたる
諍ひはすぐにお仕舞ひ寒雀

受賞者略歴
平成八年、作句開始。俳誌「童子」入会。平成十四年、句歌詩帖「草藏」入会。平成十八年、第一句集『水茎』上木。神奈川県在住。

「雲と父」

より十句抄（選考委員選）

小山玄默

白靴や母の支度の遅きこと

破風に棲む百花百獣みなみかぜ

子機ばかり汚れてをりぬ花木槿

佃煮の暗さそれぞれ秋の風

物置の屋根傷みをり松手入

年惜しむ恰幅のよき万年筆

初旅のおばしまの影踏みゆけり

朝日差すところに掛けて初暦

鴛鴦のほかは貧しき池なりけり

剪定や同じ高さに雲と父

受賞者略歴

平成九年、大阪生まれ。平成二十八年より櫂未知子・佐藤郁良に師事、「群青」同人。

「下睫毛」より十句抄（選考委員選）

古川朋子

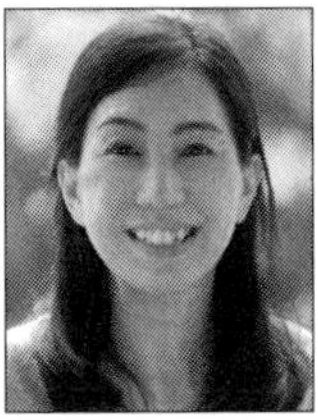

冬の蠅白きページに戻り来る
岸辺とて蹴る石ひとつなく小春
梅咲いて舗道に丘の名残あり
如月の鷗ふちどる光かな
書けば手の影に入る文字春灯
蜘蛛二匹ひそやかに巣のうらおもて
下睫毛伸びしか夏痩の君よ
ていねいに暮らすといふは心太
バス停に教室の椅子蝨とぶ
退屈と思はねど暇柿食うて

受賞者略歴
昭和四十四年生まれ。平成二十三年、作句開始。平成三十年より「蒼海」会員。北九州市在住。

「去りぎは」より十句抄（選考委員選）

小野あらた

人体は対称ならず水澄めり
ばつたんこ水に中心生まれけり
渡り鳥来て夕暮の来てをりぬ
行く秋の姿煮を裏返したり
階段を夜食を持つてのぼる音
霧時雨駅の時計の狂ひなく
乾鮭の歯の黒々と尖りけり
我が心ストーブの火の中にあり
冬の梅花瓶の底に当りけり
大鷹や空中の風隠れたる

受賞者略歴
平成五年生まれ。平成二十二年、石田波郷新人賞受賞。平成三十年、田中裕明賞受賞。所属「銀化」「玉藻」「群青」。句集『毫』。

「聖五月の懺悔」より十句抄（選考委員選）

冨士原志奈

上京初日春寒のワンルーム
春灯や湯揉み棒より起こる波
潜水艦浮上春潮脱ぐ如く
拳闘ジム見学自由夏始
万緑の底ひ一水ゆるやかに

木犀の香や身籠らぬ身に深く
月の道折り合へぬまま別れ来て
やや寒や見るあてのなきテレビつけ
父帰らざるまま更けし聖夜かな
冬野より立ち上がるもの待ちにけり

受賞者略歴
昭和四十四年生まれ。平成二十三年作句開始。平成二十五年より「知音」に所属し、西村和子・行方克巳に師事。

「時に花」より十句抄（選考委員選）

板倉ケンタ

深きより目白つぎつぎ藪椿

踏青や見分けのつかぬ犬五頭

桜湯にだんだんと色かよひけり

天明とかすかに読めて苔の花

鵜を灼いて池みどりなる一日かな

ざりがにのすこしくまはる糸の先

七人が水着に変はる昼の樹下

氾濫の昂りを知る青胡桃

白萩や人の忘るる顔いくつ

木犀や店を仕舞ふに紙いちまい

受賞者略歴
平成十一年東京生まれ。「群青」同人、「南風」会員。俳人協会会員。第九回石田波郷新人賞、第六回俳句四季新人賞。

「眼光」

より十句抄（選考委員選）

伊藤麻美

日高飼ふ壜底少し盛り上がり

昼顔もパンタグラフも閉ぢにけり

駅員の軍手の白さ休暇果つ

鶏卵のごつんと産まれ野分あと

にびいろの廃車へどつと蝗かな

油揚めくれば饂飩しぐれけり

消火器をもつとも照らす冬の月

湯ざめして仏壇の酒よく匂ふ

笹鳴のふゆる団子を丸めけり

乳母車畳みて二月礼者かな

受賞者略歴

昭和五十一年生まれ。カルチャー教室を経て平成二十二年「泉」入会。二十五年、泉新人賞。二十九年、第一回俳人協会新鋭俳句賞。三十年、泉賞。現在「泉」同人。俳人協会会員。

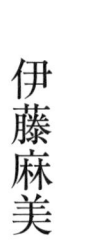

「鍔焦がす」

より十句抄（選考委員選）

吉田哲二

土舐むるやうに草食む孕鹿
蝶を追ふ蝶ひるがへり午も過ぎ
滝見ゆる場所をみつけてより憩ふ
三世代生くる高さに立葵
陽へ挑みては夏帽の鍔焦がす
短夜の心音を子に聞かれゐる
鳴くことは働くことよ油蟬
秋晴や巨塔は風を育てつつ
咳生まれ来る病棟の壁の闇
煽られてまた弧を海へ冬鷗

受賞者略歴
昭和五十五年生まれ、新潟県出身。平成二十六年「阿吽」入会、令和二年阿吽賞受賞。現在、「阿吽」同人、俳人協会会員。俳人協会の若手句会及び若手部の句会にも参加中。

「家伝」より十句抄（選考委員選）

篠崎央子

捨て岩に鑿の痕あり草いきれ
押さへたる定規の厚み夕野分
とんばうの風の隙間を引き返す
蜜柑山鳥の喧嘩は宙に果つ
冬滝の折り畳みたる石の色
吉書揚煙つまづきつつ天へ
鬼やらひ家伝は読めぬ字を残す
蛍籠揺らすも一夜のみのこと
をけら焼く剝製の鳥口を開け
釘を打つ木目の締まり梅雨長し

受賞者略歴
昭和五十年茨城県生まれ。平成十四年「未来図」入会。平成十七年朝日俳句新人賞奨励賞受賞。令和二年句集『火の貌』にて俳人協会新人賞受賞。共著『超新撰21』。「磁石」同人。

「はだけゆく」より十句抄（選考委員選）

北杜　駿

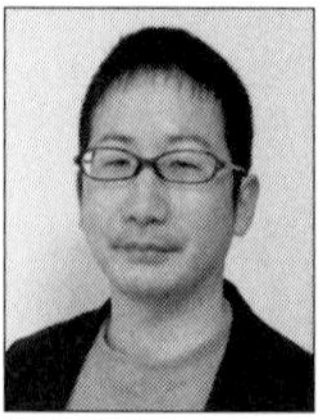

ひとときは真菰を馬と呼び交はす
汐入に揺らぐ桟橋鯊日和
馬追の諸翅ひびかすうすみどり
禅林にそれぞれの黙竹の春
もう出来る作り笑顔や七五三
母とゆくその手離さじ入学児
笹舟を浮かべてみせて春の水
門燈のぽつりとわが家春の行く
山の日のほてりを濯ぎ夏の川
せはしさも過ぎて晩涼港風

受賞者略歴
平成元年生まれ、千葉県出身。現在は山梨県在住。平成三十一年「森の座」入会、横澤放川に師事。「森の座」誌上にてエッセイ連載中。旧号・琲戸七竈。

「ペダル」より十句抄（選考委員選）

西山ゆりこ

トーストになんにもつけず啄木忌
にんげんの色合ひに似て蝸牛
革靴とかなぶん響き夜の団地
クロールの勢ひのまま水を出づ
八月やかたち無くなるまで煮込み
夜仕事や椅子ごと倒れさうに伸び
洗ひつつ叩く頰骨冬が来る
白息の群れ急かされて待たされて
金色に銀色に枯れ尽くすかな
帰る子へ鍵開けておく夕笹子

受賞者略歴

昭和五十二年生まれ。平成十五年「駒草」入会。アンソロジー『天の川銀河発電所』、共著『新興俳句アンソロジー　何が新しかったのか』、句集『ゴールデンウィーク』。

あとがきにかえて

鎌倉虚子立子記念館館長、玉藻主宰　星野高士

星野立子賞が設立され早いもので十年が経過しました。今回、この出版の機会を得たことは本当に夢のような話で、企画立案からお世話になりました上廣倫理財団に心から感謝申し上げます。そして、本書の意義について賛同いただき出版元としてご協力いただきました角川文化振興財団に御礼申し上げます。

日本の伝統文芸の中心にある俳句界でも次代の人材育成が急務とされています。女流俳句の礎を築いた高浜虚子直系の星野立子の業績を称え、「星野立子賞」は平成二十四年に開設されました。女流俳人の文化的資質向上に寄与すると共に、今後の俳句界の女流俳人の活性化、若手人材の育成が目指すところでもあります。

そして、こうした星野立子賞は誰に評価されるかも賞の格を決める素養になると考え、この立子賞の選考委員は俳句界の第一線で活躍しておられる方に椿と私で声を掛けさせていただきました。先ずは立子信奉者の後藤比奈夫先生に御受けいただきました。黒田杏子

先生は東京女子大学での立子との関係もありましたが、近ければこそ厳しい評価をしていただけるだろうとお願いを致し、この度の書籍化についてもお力添えをいただきました。西村和子先生は立子の『月を仰ぐ』も上梓され、立子俳句を大切に伝えていただけること、小澤實先生は超党派の「月曜会」から一緒に俳句の向上に努めてきた間柄です。そして第六回からは現代俳句協会で会長を務められた宮坂静生先生にお引き受けいただくことが出来ました。結社、団体の垣根を超えたところでこの立子賞はさらに前進出来ていることを感じます。新人賞の選考では、岸本尚毅先生、中西夕紀先生に十年にわたりご尽力を賜りました。感謝申し上げます。

本書はその第一線の選考委員の選評を通して、読み手の方々に十七音の日本の伝統文芸である俳句により関心を持ち、その感性を深めていただける一助となればと考えております。未来ある本が出来たことを大変嬉しく思っております。

星野《ほしの》立子《たつこ》賞《しょう》の十年《じゅうねん》

初版発行　2023年3月 3 日
2 版発行　2023年6月15日

編　者　星野立子賞選考委員会
発行者　石川一郎
発　行　公益財団法人 角川文化振興財団
〒359-0023 埼玉県所沢市東所沢和田3-31-3
ところざわサクラタウン 角川武蔵野ミュージアム
電話 050-1742-0634
https://www.kadokawa-zaidan.or.jp/
発　売　株式会社 KADOKAWA
〒102-8177 東京都千代田区富士見2-13-3
電話 0570-002-301（ナビダイヤル）
https://www.kadokawa.co.jp/
印刷製本　中央精版印刷株式会社

ISBN978-4-04-884525-0 C0092